Nun gut, es sei dir überlassen!

Zieh diesen Geist von seinem Urquell ab,

Und führ' ihn, kannst du ihn erfassen,

Auf deinem Wege mit herab,

Und steh beschämt, wenn du bekennen musst:

Ein guter Mensch in seinem dunklen Drange

Ist sich des rechten Weges wohl bewusst.

Leon Siever

Schuldbekenntnis Wolkentief

Ein Zündelspielchen in fünf Akten

///

Bibliografische Information der Deutschen
Nationalbibliothek: Die Deutsche Nationalbibliothek
verzeichnet diese Publikation in der Deutschen
Nationalbibliografie; detaillierte bibliografische Daten sind
im Internet über dnb.dnb.de abrufbar.

© 2022 Leon Siever

Herstellung und Verlag: BoD – Books on Demand,
Norderstedt

ISBN: 978-3-7562-3305-2

PERSONEN

Johann Werlher, Erster Gefangener

August Rippak, Zweiter Gefangener

Wilhelm Entze, Dritter Gefangener

Friedrich Granthelm, Diener des Barons

Agrippa Wartran, Kerkermeister

Randolf von Wolkentief, Baron des Schlosses

Antonia de Saberón, Geliebte des Barons

Hedwig, Folteropfer

Hermann Sievart, Faktotum

Gefangene, Folteropfer, Diener, Adlige, Wachen,
Folterknechte

Ort der Handlung: Im Schloss von Wolkentief im östlichen
Preußen

Zeit: 15. März 1835

5

ERSTER AKT

Eine karge unterirdische und einsame Kerkerzelle. Links zur Mitte hin drei vermodernde Betten, rechts ein Holztisch mit drei Stühlen und einer Kerze, ganz rechts eine Gitterwand. Im Hintergrund nasse Steinziegel und schimmelndes Stroh.

ERSTE SZENE

Johann

Die drei Männer liegen, sichtlich in schlimmen Träumen, auf ihren Betten. Johann erwacht impulsartig und steht kerzengerade in seinem Bett, sich mit hilflosen Augen nach einer Antwort auf die Fragen seines erinnerungslosen Verstandes umsehend.

JOHANN:

(rennt zum Gitter, hämmert in einem adrenalinberauschten Moment dagegen und beginnt laut zu rufen) Heda, wo bin ich? Lasst mich heraus! Was ist das für ein Ort? Hallo? Hört mich jemand? Lasst mich raus! Wer ist da? Wer hat mich und die anderen beiden hier eingesperrt? Zeig dich! Zeig dich! Zeige dich und sag mir wo ich bin! *(hämmert immer langsamer, bis ihn die Energie verlässt und er müde und resigniert auf*

7

sein Bett herabsinkt)

(zu sich) Wo bin ich denn nur hier erwacht? Aus
Träumen wilder als des Meeres Wellen auf Betten
wie aus Moos gezimmert ... und wie ekelhaft erst
dieses stechende Odeur! Wie ein kleiner Käfer
krabbelt es mir durch die Nase und speit all sein
groteskes Übel den Drachen gleich wie Feuer aus!
Die Luft hier ist so schwer und dicht, jeder
Atemzug fühlt sich wie ein Schlucken an. Mein
Kopf, er dröhnt wie Kriegsfanfaren ... als würden
in meinem Kopfe massive Schlachten zu Pferde
bestritten werden. Ein stechender Schmerz, wie
hunderte von Degenstichen; sie stechen ins
Nichts, sind aber dennoch schmerzhaft. Nichts
mehr ist in meinem Kopf, mein Verstand ist wie
leergesaugt; an nichts als die Kunst des Sprechens
und Denkens vermag ich mich zu erinnern. Weder
meinen Namen, meine Vergangenheit, meinen
Beruf, meine Familie ja weder mein Leben kann
ich mir ins Gedächtnis rufen. Ein verhallendes
Flehen in einer voluminösen Halle, ein klägliches
Lamentieren in den Wind des Vergessens
hinein ... und bei jedem einzelnen Gedanken, bei
jedem Wort, dass mein geistiger Mund nur formt,
durchfährt meinen Kopf diese brennende Pein,
eine glühende Nadel hinein in meine Seele, und
martert mich inbrünstig. *(versenkt den Kopf in
seinen Händen und verweilt einige Sekunden in
bedrückter Stille)*

Wer nun bin ich? Ein Edelmann von blaublütiger

Abstammung? Mit einem eigenen Schloss, in der Nähe eines majestätischen Kiefernwaldes womöglich? Mit einer Krone daheim, besetzt mit leuchtenden Gemmen, Edelsteinen, gefasst in schillerndstes Gold ... ein hübscher blaudurchwirkter Mantel, oder vielleicht sogar ein prächtiges Zepter? Hermeline ohnegleichen, feinste Stoffe für meine Haut ... das erlesenste Essen, die Köche lesen mir die Wünsche von den Augen ab. *(redet vor sich vor sich hin, mustert seine Kleidung und tastet sie ab. Ein zerschlissenes preußisches Soldatenkleid, mit ausgefranstem Waffenrock und schmierigen Manschetten. Ein weißer Schultergürtel mit ausgewaschen goldener Schnalle.)*

Doch nun ist dies wahrlich nicht das Gewand eines göttlichen Herrschers und irdisch reichen Menschens ... dies wohl eher ist die Kluft eines geschundenen Mannes, eines Kriegsverlierers, eines verwundeten und vergessenen Soldaten. Die Narben des Krieges scheinen sich wie Maden langsam durch den blauen Stoff gefressen zu haben, und nehmen der Uniform jeglichen Glanz; lediglich matte und schönheitsentleerte Fetzen von zerschlissenem Stoff bleiben zurück, und zeugen von einer schweren Vergangenheit. Ist diese Vergangenheit wohl der Grund für meinen Aufenthalt in diesem kargen Verlies, in dem alles Rufen zu Hall und Staub zerfällt? Wo scheinbar jeder schreiende Wunsch nach Erklärung, jedes Verlangen nach Wissen von der Dunkelheit verschluckt und auf immer verwehrt wird? War ich selbst ein Soldat? Wo kämpfte ich? Und wann? Und gegen wen? *(rückt näher zur Kerze auf dem Holztisch rechts und untersucht seine Kleidung in deren spärlichem Licht genauer)*

Im Lichte wirkt sie noch versehrter und zerrissener ... doch was ist das? *(kramt einen zusammengeknüllten Zettel aus seiner ansonsten leeren Gürteltasche)* Ein kleines Zettelchen, verknüllt offenbar in eiligster Hast ... der Geruch der dick aufgetragenen Tinte schneidet durch die hiesige dicke Luft wie Sahne; eine willkommene Abwechslung zu dem schimmligen Odeur dieser kleinen Kerkerzelle. Doch was steht dort geschrieben? Zwei kleine Worte, in Großbuchstaben: JOHANN WERLHER. Ist das mein Name? Er fühlt sich richtig an, und doch ist er so fremd. Oder ist das der Name eines meiner Mitgefangenen? Kennen wir uns alle vielleicht, ohne es zu wissen und uns daran erinnern zu können? Hat sich ein gemeinsames Unglück womöglich in diesen unglücklichen Kerkeraufenthalt hineingesteigert? Vielleicht weiß einer dieser beiden unruhigen Träumer, was hier vor sich geht. *(zu August)* Heda, wach auf! *(rüttelt an August herum, bis dieser langsam seine Augen öffnet und ebenso ungläubig und mit Angst auf die fremde Situation reagiert wie Johann. Er weicht vor Johann zurück, und kauert sich vor Schreck in die linke Ecke der Zelle)*

ZWEITE SZENE

Johann und August

AUGUST:

(angespannt und kauernd) Wer ... wer seid Ihr,
und was wollt Ihr von mir?

JOHANN:

(sanft und ruhig) Beruhigt euch, alter Mann. Ich
bin nicht hier um Euch zu schaden. Meinen
Namen jedoch kann ich Euch nicht mit voller
Gewissheit sagen, denn ich habe ihn vergessen.
Doch in meiner Gürteltasche fand ich einen
kleinen Zettel mit dem Namen Johann Werlher
darauf gekritzelt ... und mein Gefühl scheint sich
an diesen Namen zu erinnern, obgleich es mein
Verstand nicht tut. Ihr könt mich also Johann
nennen. Und was ich von euch will ist simpel;
denn es ist dasselbe, das ich auch von meinem
eigenen Verstand verlange: sich zu erinnern und
zu erklären, wo wir sind und weshalb wir es sind.

AUGUST:

*(ruhiger werdend, steht aus seiner Kauerstellung
auf und geht gekrümmt auf Johann zu)* Nun, ich
fürchte ich kann dabei ebensowenig dienen wie
euer eigenes Gedächtnis. Auch mein Verstand ist
nichts als ein stiller Ozean des Schweigen ... und
dumpfe Hammerschläge dröhnen durch meinen

11

Kopf. Ebenfalls kann ich Euch meinen Namen nicht mit Gewissheit nennen. Oder etwas über meinen Beruf ... oder meine Geschichte ... oder mich selbst ... *(massiert sich sichtlich unter Kopfschmerzen die Schläfen und lässt sich auf Johanns Bett sinken)*

JOHANN:

(unruhig) Das ist beängstigend ... ebenso wie diese uns umschließenden kalten Kerkermauern und das Dunkel hinter den eisernen Gitterstäben. In uns selbst wie in unserer Umgebung regiert die Unklarheit mit eiserner Faust, und peinigt unsere Gefühle.

AUGUST:

(bedrückt, versuchend optimistisch zu sein) Nun, immerhin spendet uns die kleine Kerze dort auf dem Tisch etwas Licht der Klarheit in dieser undurchdringlichen Dunkelheit. Ohne jetzt gerade euer Gesicht zu sehen, wenn auch nur im Zwielicht, ohne das Erkennen eurer Züge und eures ebenso zerrütteten Verstandes, ohne dieses kleine Licht in euren Augen, würde ich vermutlich um das Zehnfache verängstigter sein als ich es gerade bin. In den Momenten größter Verlorenheit kann ein kleines Lichtlein und ein freundliches Gesicht Wunder wirken. Erst die Einsamkeit würde auch den kleinen Schutz des winzigen Lichtleins vergehen lassen *(lächelt matt Johann an)*

JOHANN:

>*(ernst)* Auch ich freue mich sehr darüber, es nicht
>allein in diesen kargen Mauern zubringen zu
>müssen und nicht an der Einsamkeit zu nagen
>habe wie Wölfe an Knochen. Doch nur und einzig
>einkehrende Ruhe wird uns in dieser Situation
>nicht weiterhelfen ... wir müssen versuchen, tiefer
>nach dem Sinn zu schürfen. Doch wahrlich schwer
>ist es, mit einem Kopf aus hohlem Blei den
>Schlüssel zu einem Rätsel zu finden ...

AUGUST:

>*(nachdenklich, bedrückt)* Wahre Worte sprecht Ihr
>Johann. Eingesperrt zwischen Stein und Eisen, mit
>dem Verstand gleich einer ausgehöhlten Frucht,
>ist ein sehr schweres Los. Vielleicht könnte man
>auch von Bestrafung sprechen? Sind wir vielleicht
>Kriminelle? Diebe? Vergewaltiger? Mörder
>sogar? Vielleicht alles zusammen, und wir wissen
>es nur nicht mehr ... ob dies hier wohl der Vorhof
>zum Fegefeuer ist? Die letzte Station vor dem
>ewigen Feuer ... ob wir wohl vor Petrus traten und
>er uns den Weg nach unten wies? Vielleicht sind
>wir tot, und wissen es nur noch nicht ... und die
>Ungewissheit ist dabei der erste Teil der
>Bestrafung.

JOHANN:

>*(resigniert) Ihr* sprecht wie ein weiser Prediger,
>mein werter Leidensgefährte. In einsamer

Dunkelheit erwarten wir unruhig das ewige Licht der glühenden Hölle und endlose Marter ... warten darauf, dass ein grässlicher Dämon uns die Türen öffne und unsere Seelen hinab in den Abgrund stöße. Seine glimmenden Hörner und ledrigen Flügel wären das Letzte, was wir vor unseren ewigen Qualen sähen, bevor wir in das scheußliche Antlitz Beelzebubs blicken und vergehen würden ... *(sarkastisch)* eine sehr traurige Aussicht auf unsere Zukunft.

AUGUST:

(bekümmert) Es muss aber auch gar keine so göttliche Macht hinter unserer Gefangenschaft stecken. Vielleicht sind wir auch nur Gefangene einer anderen Art ... normale Gefangene. Lebendig, bei Bewusstsein und noch immer gebunden an die Wurzeln unserer irdischen Welt. Kriegsgefangene womöglich. Oder einfach nur simple Räuber oder Mörder ... doch was sind schon die gestaltlosen Ideen eines alten Greises ohne Erinnerung außer Schall und Rauch? Nichts als Phantastereien, die darin versagen, die beängstigende Dunkelheit durch Klarheit zu vertreiben ...

JOHANN:

(Sein Blick schweift zum schwitzenden und leise murmelnden dritten Gefangenen auf dem Bett, der noch immer unruhig schläft) Ob nun himmlische Bestrafung, irdische Bestrafung oder etwas

vollkommen Anderes ... nichts ist mir gewiss
außer meinem absoluten Nichtwissen. Doch
womöglich hat dieser Mann, der sich dort in
schlimmen Träumen krümmt und das Gesicht
verzieht, etwas mehr dazu zu sagen als wir beide.
Und wenn wir Glück haben, besitzt er womöglich
noch einen Fetzen seines Erinnerungsvermögens.

AUGUST:

Eine gute Idee. Auf geht es, erwecken wir ihn aus
seinem stürmischen Schlaf! *(beginnt mit Johann
damit, Wilhelm wachzurütteln und mit Worten
zum Aufstehen zu bewegen)*

15

DRITTE SZENE

Johann, August und Wilhelm

WILHELM:

(fällt aus dem Bett und zieht sich allein mit seinen Händen an dem Bett hoch, und mustert verwundert und etwas schockiert Johann und August) Wo bin ich hier? Und wer seid ihr?

JOHANN:

(sarkastisch herablassend) Wenn wir das wüssten, hätten wir Euch nicht aufgeweckt, um Euch ebendanach zu fragen. Wir beide sind uns weder unserer Namen, noch unserer Vergangenheit bewusst, und haben keinerlei Idee, weshalb wir hier zwischen Stein und Moos in die Dunkelheit gesperrt wurden, mit nichts als einer Kerze und stechenden Kopfschmerzen bewaffnet.

AUGUST:

(Johann zur Seite schiebend) Seid versichert, wir wollen Euch kein Leid zufügen ... denn aller Wahrscheinlichkeit nach teilen wir alle drei das gleiche Schicksal. Ohne Erinnerungen eingesperrt und ahnungslos zu sein scheint unser aller Los zu sein.

JOHANN:

(forsch) Es sei denn, Ihr könnt Euch an etwas

16

erinnern, und sei es auch noch so ein kleines
Detail ... erzählt uns davon, sofort!

WILHELM:

*(schaut sich irritiert und angespannt um und gibt
keinen Ton von sich)*

JOHANN:

(ungeduldig) Redet mit mir, sofort! Ja oder nein?
Ist euer Kopf so leer wie die Mägen hungernder
Kinder oder quillt er gar über, wie ein Füllhorn
von Erinnerungen? Alles kann uns jetzt hier
helfen!

WILHELM:

*(wendet sich eingeschüchtert Johann zu und
schaut ihn direkt an)* Ich ... erinnere mich kaum an
etwas ... kaum an irgendetwas ... der Versuch ist
schmerzhaft, eine quälende Pein ... ich erinnere
mich gerade nur an das, was ich in den letzten
Sekunden meines Traumes hörte ...

JOHANN:

(weiterhin beharrlich und ungeduldig) Ja, das
klingt gut! Erzählt uns davon, umso schneller
desto besser! Erzählt uns alles aus euren Träumen,
los los!

AUGUST:

(sich zwischen die beiden stellend) Johann, so
haltet doch ein mit eurer plötzlich so polternden
Art ... gebt dem werten Mann doch in Gottes
Namen etwas Zeit! Mit einer solchen
Vorgehensweise werden wir niemals irgendetwas
herausfinden, sondern uns nur gegenseitig noch
fremder machen als wir es ohnehin schon sind!
Anspannung und unüberlegte Hektik streuen nur
Salz in unsere Wunde, anstelle sie zu heilen.

JOHANN:

(atmet kräftig durch und wendet sich zu Wilhelm)
Nun gut, dann sprecht bitte in aller Ruhe. Er hat ja
Recht, mit Nervosität schaben wir uns nur selbst
und gegenseitig die Gemüter auf. Erzählt uns von
euren Erinnerungen.

WILHELM:

(nun ruhiger, mit etwas mehr Gelassenheit) Ich
erinnere mich nur vage an diesen schrecklichen
Traum, den ich hatte. Ich stand auf einer großen
Wiese, mit einem geflochtenen Korb in der
Hand ... als hielte ich Ausschau nach Kräutern und
Blumen. Aus der Ferne hörte ich jemanden
bedeckt, doch stimmhaft "Wilhelm!" rufen, so als
wollte man mich vor etwas warnen. Zuerst
ignorierte ich es, und betrachtete die Schönheit der
Natur dieser Wiese, und atmete ihren Odem ein.
Doch irgendwann verstummte die warnende

18

Stimme, als sei sie ruckartig geflohen ... ich bemerkte kurz darauf, dass sich der Horizont zusammenzuziehen begann, wie ein obskurer Mahlstrom drehte er sich im Kreis und verschlang die Bäume in der Ferne, die Sonne am Himmel und die weichen Wolken, dabei immer und immer größer werdend. Wie der Höllenschlund tat er sich vor mir auf, und obgleich er keine Augen hatte, durchdrang mich panische Furcht und ich spürte einen direkten Blickkontakt mit etwas absolut Finsterem, etwas von Grund auf Bösem ... und so begann ich zu rennen.

AUGUST:

Und was geschah danach?

WILHELM:

Soweit ich mich noch erinnere, verschlang dieser klaffende Abgrund am Horizont alles, selbst den Boden unter meinen rasenden Füßen. Ob er mich auch verzehrt hat, weiß ich nicht ... doch mein Kopf fühlt sich genau so an, als hätte dieser Strom meine Erinnerung und somit auch mich mit Haut und Haar verschlungen. Außer meinem wahrscheinlichen Namen Wilhelm ist mein Kopf ein leeres Ödland, ohne Leben oder Licht.

AUGUST:

Schwer und schmerzhaft sind eure Beschreibungen, doch an Wahrheit nicht zu übertreffen. In eurem Traum verschlang eine düstere Macht alles um Euch herum wie stürmische Wellen einen verlorenen Schiffbrüchigen, und ich glaube, vor meinem Erwachen einen ähnlichen Traum gehabt zu haben, an den ich mich jedoch nur sehr schemenhaft erinnern kann. Erst eure Erzählung hat diesem losen Fetzen einen Teil ihrer Bedeutung zurückgebracht ... Johann, war auch euer Schlaf von derartigen Träumen gepflagt?

JOHANN:

Das weiß ich nicht. An nichts erinnere ich mich von meinem Traum ... nur ein unbehagliches Gefühl beim Gedanken daran lässt mich glauben, dass es ein Traum der schlimmen Sorte war.

WILHELM:

(resigniert) Dann scheint es so zu sein wie Ihr sagtet, und wir drei teilen wahrlich ein gleiches Schicksal ... ein Schicksal der Bestrafung. Wir träumten von einer allverschlingenden Bestie, einer Midgardschlange ohne physischen Körper, und erwachten mit nichts weiter als unseren grundlegendsten Fertigkeiten, beraubt jeglicher Erinnerung. Ob es vielleicht gar kein Traum war, sondern unser Weg an ebendiesen Ort? Wir wurden verschlungen, aus der Welt hinausgesogen, und sitzen nun bei kümmerlichem Kerzenschein in schwerer Dunkelheit ... ist dies wohl der Tod? Ein Sog, ein Maul, ein stummer

20

Schrei, eine letzte Rast im Kerker fernab des
Lebens, bevor der Tod zu Gange ruft?

AUGUST:

(tonlos, doch voller Bedrücktheit) Diese
Befürchtung teile auch ich ... entweder erwartet
uns Gevatter Tod, um uns zur letzten Ruhe zu
geleiten, oder wir warten hier auf die Stunde, in
der man unsere sündhaften Seelen zur ewigen
Marter in das Fegefeuer hinunterschleudern wird.
Oder, welcher Gedanke mich noch mehr ängstigt:
Weder wartet jemand auf uns, noch erwarten wir
jemanden ... dies hier ist das letzte Ende. Weder
Himmelreich noch Fegefeuer folgen auf den Tod;
sondern allein Stille. Tiefe, bedrückende und von
stetiger Angst geschwängerte Stille.

*(Die drei Männer senken resigniert ihren Blick und starren
ziellos in die Dunkelheit)*

21

VIERTE SZENE

Arbeitszimmer des Barons. Er sitzt an mittig einem breiten Schreibtisch, um ihn herum stehen volle Bücherregale und helle Kerzenständer. Ganz links befindet sich eine begehbare Tür zu seinem Büro. Zwischendrin hängt ein Banner mit dem Zeichen des Ordens des Schwarzen Adlers. Rechts vorne steht ein großer Flügel.

--

Der Baron

BARON:

> *(ruhig am Schreibtisch sitzend schreibt er mit einer Feder einen Brief)* Meine teuerste Antonia, sehr erfreut war ich über euren freundlichen Brief, der mich nach so langer Zeit der Kontaktlosigkeit doch ziemlich überrascht hat. Ein wahrhaftig großes Glück, eurer eneut habhaft geworden zu sein.
>
> Ich hoffe doch sehr, dass mich meine Adelspflichten nicht zu sehr einnehmen und es mir ermöglichen werden, einen regelmäßigen Briefverkehr mit Euch zu garantieren. Denn unsere Zeit naht. Ich sah es in den Flammen ... sah eine feuertrunkene Tänzerin zu Fuße einer lodernden Kirche, begleitet vom stumpfen Ostinato des Gesangs eines Flammenträgers. Ihr Gesicht war makellos, und ihre Arbeit filigran; sie verrichtete ihr Werk mit einer ungeahnten

Leidenschaft, einer den Menschen
gewöhnlicherweise verwehrten fanatischen
Passion. Und da bemerkte ich, dass es Liebe war,
die sie antrieb. Eine unbändige und unermesslich
mächtige Liebe ... nicht nach Mann oder der
Göttlichkeit, sondern nach einer anderen Frau. Sie
ward genannt "Mein Flammenmeer", und wurde
öfter angerufen als die Göttlichkeit höchstselbst.
Es schien, als würde nicht allein die Göttlichkeit,
sondern noch dazu eine Geliebte mit vollster
Inbrunst angebetet werden ... eine immense
Verstärkung der Kräfte des Rituals. So als
schmierte man Gift auf die Klinge seines
Schwertes, um den Gegner schneller und
effizienter in das dunkle Totenreich hinunterjagen
zu können.

Ich bin der festen Überzeugung, dass diese Vision
die Erkenntnis enthielt, die wir zur
Perfektionierung unseres Anliegens benötigen,
würde dies Unterfangen allerdings gern persönlich
mit euch besprechen und lade Euch aufs
Herzlichste in meine Residenz ein, das romantisch
gelegene Schloss Wolkentief, zwischen
schweigenden Eichen und raunenden Bergen.
Kommt doch bitte so schnell ihr könnt; ich alter
Narr habe nicht mehr so viel zu leben übrig wie
Ihr, und würde es begrüßen, das Ziel unserer
kleinen Gruppe noch zu meinen Lebzeiten zu
vervollkommnen.

Möget Ihr durch Flammen tanzen

Auch wenn ein jeder Lanzen streckt

Und sich die Welt vor Licht versteckt

Krabbelnd wie die kleinen Wanzen

Flammende Liebe, so grell und heiß,

All unsere Ketten reißt entzwei

Elysisch die Sonne zieht vorbei

Tränkt unsere Augen himmlisch weiß.

Euer ergebenster Baron Randolf von Wolkentief
*(setzt die Feder ab und lehnt sich in seinem Stuhl
zurück)*

FÜNFTE SZENE

Der Baron und Friedrich

FRIEDRICH:

(betritt hektisch durch die linke Tür das Büro und somit die Bühne) Mein Herr, mein Herr, etwas Seltsames geht in euren Kerkern vor! Im Gefängnis, im Gefängnis .... die schwatzenden Dienstmädchen erzählen davon, mehrere Stimmen aus dem Boden gehört zu haben, als sie den Gefangenen im ersten Flur das Essen brachten. Sie erzählten von trostlosen Selbstgesprächen, und immer mehr dazukommenden Stimmen, deren Worte immer wieder die gleichen waren. Ihre Unterhaltungen kreisten ständig um ihr verlorenes Gedächtnis, ihre Ungewissheit und sie sprachen wohl ständig über Bestrafungen und Höllenreich ...

BARON:

(schaut belustig zu Friedrich auf und lacht sinister) Tatsächlich? Dann ist Agrippa wohl zu schlampig bei seinen Berechnungen vorgegangen, und hat zu wenig der konzentrierten Kräuter in den Trank gemischt! Doch na ja, wozu sich über ein paar Stunden grämen ... ich bin mittlerweile etwas zu alt dazu, allzu penibel und philisterhaft zu sein. Ja, dies sind spezielle Gefangene, mein werter Friedrich. Für sie habe ich ganz besondere Pläne, schon seit längerem bis ins kleinste Detail

25

durchdacht und ausgeklügelt. Eigentlich wollte ich sie persönlich ausführen, doch gestatten es mir weder mein straffer Baronalltag noch die neuesten politischen Ereignisse, mich ihrer anzunehmen. Daher muss ich jemand Anderes mit der Ausführung dieser Aufgabe betrauen, und es gibt niemand Anderen in diesem Schloss dem ich ein solches Vertrauen entgegenbringe wie Euch, mein werter Friedrich.

FRIEDRICH:

(verwirrt und eingeschüchtert) Herr entschuldigt, doch was genau verlangt ihr von mir? Ich bin nur euer bescheidener Leibesdiener, wie ihr selbst zu sagen pflegt, und verstehe nicht, was ihr euch von mir wünscht. Ich wusste bisher nicht einmal, dass das Schloss unterhalb des Kerkers einen weiteren Kerker beherbergt!

BARON:

Nun, jetzt wisst Ihr es. Neben Agrippa und mir seid Ihr dabei der Dritte im Bunde, niemand sonst weiß außerhalb halbgarer Gerüchte von den Kavernen unterhalb meiner offiziellen Gefängnisse. Ihr könnt dort hineingelangen, indem ihr in der zweiten Zelle des ersten Flures das Bett an die Wand lehnt und den Fellteppich zur Seite zieht. Dort werdet ihr ein Loch mit angelehnter Leiter finden. Steigt dort hinab, ich empfehle mit einer Laterne, und nehmt die Herrschaften dort unten in Empfang.

FRIEDRICH:

> *(verunsichert)* Aber mein Herr, selbst mit einer
> Wegbeschreibung ist mir der Inhalt meines
> Auftrages noch nicht klar. Wer sind diese
> Gefangenen, und was soll ich mit ihnen anfangen?
> Wahrlich, ich bin doch kein Henker oder
> Folterknecht ... ich bin euer persönlicher Diener!

BARON:

> *(beharrlich)* Nun, aber als mein persönlicher
> Diener seid Ihr mir in jeglicher Hinsicht zur Treue
> verpflichtet, Friedrich Granthelm. Ich sorge für
> eure Versorgung, bezahle euch fürstlich und bürge
> für euch bei den höheren Adligen, dafür fordere
> ich nun auch etwas zurück. Das Umsorgen meiner
> Krankheiten reicht dafür allerdings nicht.

FRIEDRICH:

> *(schaut bedröppelt zu Boden)* Nun, mein Herr,
> wenn es euer Wunsch ist, werde ich versuchen,
> ihm bestmöglichst zu entsprechen. Doch was soll
> ich denn für euch tun? Erzählt es mir doch!

BARON:

> Ihr sollt in meinen unterirdischen Kerker gehen,
> die drei dort eingesperrten Herrschaften in Ketten
> aus ihrer Zelle holen und etwas herumführen, bis
> ihr sie schlussendlich zu mir bringen könnt. Des
> Weiteren habe ich Agrippa, den alten

Kerkermeister, bereits im Voraus angewiesen,
euch zu unterstützen. Er kennt meine Pläne, und
weiß, was zu tun ist.

FRIEDRICH:

(irritiert) Wieso kann denn dann nicht einfach
Agrippa diese ganze Aktion übernehmen? Ich bin
doch nichts als ein einfacher Diener, und kein
professioneller Gefangenenführer. Agrippa
hingegen schon; das Geschäft mit Eingesperrten
ist sein täglich Brot ...

BARON:

(gereizt) Agrippa ist ein sehr guter Kerkermeister,
ich kenne ihn nun schon sehr lange. Vielleicht
etwas zu lange. Er beherrscht sein Handwerk wie
kein Anderer, doch habe ich immer etwas
Bedenken dabei, ihm eine Aufgabe aufzutragen,
bei der er komplett allein ist und freie Hand haben
würde. Er ist, sagen wir ... etwas gröber und
gewalttätiger als die meisten Menschen, die Ihr so
kennt und zu beeindrucken wünscht, Friedrich. Er
braucht eine Stimme der Vernunft an seiner Seite,
die ihn in die richtige Bahn lenkt, wenn er mal
wieder über die Stränge zu schlagen droht ... in
der Vergangenheit war das meistens ich, doch in
der Gegenwart ist es mir unmöglich geworden,
dieser Funktion nachzukommen. Daher werdet
Ihr, mein werter Friedrich, diesen Platz einnehmen
müssen. Ansonsten könnten alle meine Pläne von
nun auf gleich durchkreuzt, alle getane Planung

vergeblich werden!

FRIEDRICH:

(verängstigt) Nun gut Herr ... aber ich glaube
nicht, dass ich in der Lage dazu bin, das starke
Gemüt eines Agrippa zu besänftigen ... denn ich ...

BARON:

(aufbrausend, jähzornig) Friedrich, es gibt hier
kein Verhandeln oder Entschuldigen auf
Wolkentief, dass müsstet Ihr eigentlich schon
längst gelernt haben! Ihr werdet meinen Worten
Gehorsam leisten, denn sie sind ein Befehl von
dem Mann, dem ihr noch für längere Zeit
verpflichtet seid. Und solltet ihr euch weigern,
wird Agrippa mit euch ganz andere Dinge
anstellen, als ihr euch vorstellen könnt ihr elender
Feigling!

FRIEDRICH:

(verängstigt und stark eingeschüchtert) Jawohl
mein Herr. Ich werde eurem Befehl Folge leisten,
komme was wolle.

BARON:

Gut! So nehmt meinen Befehl hin und führt ihn
nach bestem Wissen und Gewissen aus ... und
greift ruhig auf Agrippas Expertise zurück. Es
wird euch nichts schaden.

FRIEDRICH:

Jawohl, Hochwohlgeboren, ich werde Euch nicht enttäuschen. *(dreht sich um, geht schnell zur Tür hindurch und verschwindet von der Bühne)*

BARON:

(finsteres Lachen) Wie schnell eine gehobene Stimme und ein paar wohlplatzierte Worte doch einen Unterschied bei der Überzeugung von schwachen Menschen machen ... wie gespannt ich doch darauf bin, wie er seine Aufgabe meistern wird ... *und wie er zurückkehren wird ...* meine Pläne mit den Gefangenen sind nicht gerade ein Plausch mit dem König von Preußen! *(stumpfes Gelächter über seinen eigenen Witz; nimmt sich ein Buch von seinem Schreibtisch und beginnt darin zu lesen, während er in sich hineingrinst)*

SECHSTE SZENE

Flure des Schlosses und später des Kerkers. Je nach Umgebung laufen Adlige und Diener oder stehen Gefangene zu Friedrichs rechter und linker Seite.

Friedrich, Diener, Adlige, Gefangene, Wachposten

FRIEDRICH:

> *(läuft auf der Bühne hin und her, er läuft orienterungslos durch das Schloss.)* Oh weh mir, auf was für einen Loyalitätsbeweis ist der Baron bloß wieder aus ... mein Magen zieht eine Flunsche, ihm gefällt das alles nicht. Ebenso dröhnt mein Kopf, er hegt kein Interesse an der kommenden Ungewissheit. *(geht weiter hin und her, lässt seinen Blick umherschweifen, bis er in einen hochnäsigen Adligen stolpert und sie beide fast zu Boden fallen)*

ADLIGER:

> *(reibt seine Kleidung mit den Händen ab, als sei er gerade in Matsch gefallen)* So passt doch auf, ihr ungeschickter Wurm!

FRIEDRICH:

> *(aus seinen Gedanken gerissen)* Entschuldigt mein Herr, ich werde in Zukunft besser auf meine Umgebung achten. Mein neuester Auftrag macht mir schwer zu schaffen, und ich verliere mich in Gedanken darüber, anstelle meine Augen auf die

31

Realität um mich herum zu richten. Verzeiht mein Missgeschick, gnädiger Herr.

ADLIGER:

Wenn Ihr euch bei so simplen Themen wie dem Decken von Tischen, Machen von Betten und Bedienen der Gäste so in Gedanken darüber verliert, muss euer Leben wahrhaftig fade und minderwertig sein. Und nun macht doch Platz, ich muss hinfort! *(stößt Friedrich grob zur Seite und geht nach rechts von der Bühne ab)*

FRIEDRICH:

(zu sich selbst) Die typischen Anfeindungen und beinahe schon tobsüchtigen Gemeinheiten der höheren Herrschaften machen mir nichts aus, ich habe damit ja täglich zu tun. Doch trotzdem macht mir die ungewisse Natur meines Auftrages eine Heidenangst; gerade der Gedanke an den durch Hörensagen blutbekannten Agrippa Wartran lässt mich schaudern. So manches Gerücht über seine Grausamkeit sickert bis in die obersten Ebenen, und wird dort mit stummen Schrecken empfangen ... oh weh mir, und nun soll ich diesen dunklen Schatten zähmen, wenn er kurz vor der Verwandlung zum Berserker steht ... wie soll ich armer Tropf denn nur solche Tat vollbringen?

(Friedrich geht weiterhin gehetzt und geistig ungeordnet auf der Bühne hin und her, während zuerst um ihn einige Adlige und Diener

herumlaufen und teilweise mit abwertenden
Blicken streifen. Nacheinander gehen die Adligen
und Diener ab, bis er an zwei Wachposten
vorübertritt. Daraufhin befinden sich sitzende,
liegende und stehende Gefangene im Hintergrund,
die Friedrich stumm mit ihren Blicken mustern,
während dieser nach Agrippa sucht)

SIEBENTE SZENE

Kerker des Schlosses. Ein Hintergrund mit bewachsenen Steinziegeln, in der Mitte ein großer Stützbalken mit daran befestigten Fackeln. Vor der Mitte ein hölzerner Eimer. Ein kleiner Tisch mit zwei Holzkrügen darauf. Eine Reihe aus Gefangenen bildet den Hintergrund. Zwei Wachposten stehen am rechten und linken Rande Wache.

Friedrich, Agrippa, Gefangene und Wachposten

FRIEDRICH:

(sich fragend umsehend) Wo ist denn nun dieser Agrippa? Nichts erkenne ich hier als eiserne Gitterstäbe und verzerrte Gesichter in der feuchten Dunkelheit ... dort bestimmt ein Mörder, dort ein Ketzer, und weiter hinten noch ein ganzer Haufen Räubergesocks ... und ihr Meister, ihr Herr, der lederverschlungene Verlieskönig Agrippa, jener verbirgt sich irgendwo hinter all diesen Gestalten. *(sucht mit dem Finger die Umgebung ab)*

GEFANGENE:

(mustern Friedrich und werfen ihm abgeneigte Blicke zu, murmelndes Tuscheln untereinander)

FRIEDRICH:

(wendet sich ignorierend von den Kerkerzellen ab und tritt zum Publikum) Doch nun wo lauert hier

34

dieser alte Kerkermeister?

AGRIPPA:

(steht nicht sichtbar am linken Bühnenrand; spöttisch) Haben Ihro Gnaden etwa nach meiner Gegenwart verlangt?

GEFANGENE:

Der Meister! Der Meister!

GEFANGENER EINS:

Schell, verbergt euch, verbergt euch in den Schatten! In der Ferne höre ich schon die Peitsche knallen!

GEFANGENER ZWEI:

Oh graus, ich höre seinen Foltergürtel! Zurück mit euch, zurück mit euch! Das Klackern des Metalls, das Schaben der Klingen ... die grässliche Melodie, sie wird erneut gesungen! Verbergt euch, verbergt euch schnellen Schrittes!

GEFANGENE:

Der Meister! Der Meister! *(weichen einige Schritte zurück und ängstigen sich vor Agrippa)*

AGRIPPA:

(betritt die Bühne und stolziert wie ein ranghoher Soldat auf Friedrich zu, welcher sich daraufhin in

seine Richtung dreht) Seid willkommen hier in den Verliesen von Schloss Wolkentief, Bediensteter Friedrich Granthelm! Unser Herr hat mich bereits über euer Kommen in Kenntnis gesetzt. Ich hoffe doch sehr, Ihr hattet keine zu großen Mühen dabei, zu mir hinabzusteigen, fort von den lichtbefluteten Zimmern und Kemenaten des oberirdischen Schlosses ... solcherlei Weltwechsel erschöpft Geist und Körper. Verlangt es Euch vielleicht nach einem Getränk? *(hält Friedrich einen hölzernen Krug entgegen)*

FRIEDRICH:

(etwas irritiert) Nun ... gerne nehme ich euer Angebot an und danke euch für den doch recht herzlichen Empfang. Ich hatte mit anderem gerechnet. *(nimmt den Krug an sich)*

AGRIPPA:

Was müsst ihr dort oben nur von uns hier unten halten ... die typische Arroganz der feineren und saubereren Herrschaften, droben in den glänzenden Zimmern, fernab der Kälte und Nässe der Verliese ... wie die Bauern auf ihre Schweine blicken sie auf uns herab ... doch nun genug des Selbstmitleids. Trinkt einen Schluck mit mir! *(erhebt seinen eigenen Krug und stößt mit Friedrich an)*

36

FRIEDRICH:

> (beginnt zu trinken, spuckt den Inhalt des Kruges danach angewidert auf den Boden) Igitt, wie scheußlich der Geschmack! Ist es etwa ein Wein aus Moos und Pilzen, den Ihr mir hier zum Trunk gereichet habt? Beißend widerwärtig auf der Zunge, und ein krustiger Belag bleibt drauf zurück ...

AGRIPPA:

> (lautstarkes und spottendes Lachen) Euren Toast kann ich wohl erwidern. In beiden Krügen schwimmt ein herrlich süßer Wein, nicht minder schlecht als jener, den sie oben in Silberkrügen servieren. Mir schmeckt er wirklich gut, und ich spüre nun schon das Verlangen, mehr davon zu trinken ... Ihr wahrscheinlich nicht, oder?

FRIEDRICH:

> (spuckend) Nein, selbstverständlich nicht! Dieser Sud aus Spuck und Schlacke hat wahrlich nichts gemein mit den deliziösen Getränken, die ich normalerweise dem Baron serviere ... bei solchem Trunk von Pestilenz würde er sich ja aus Ekel auf dem Boden wälzen und die roten Banner an den Wänden mit seiner Zunge bearbeiten, um diesen wirklich grässlichen Geschmack aus seinem Rachen zu verbannen!

AGRIPPA:

> *(süffisant monoton)* Nun, wahrscheinlich urteilt ihr
> so harsch über den Wein, weil ich den Eurigen zu
> zwei Dritteln mit dem Inhalt des Notdurfteimers
> eines Gefangenen vermengt und verrührt habe.
> Schätzt ihr meine Braukünste etwa nicht?

WACHPOSTEN:

> *(spöttisches kehliges Gelächter)*

FRIEDRICH:

> Pfui, Ihr Widerling! Weshalb denn tut ihr so etwas
> Ekelhaftes an? *(wirft den Holzbecher quer über
> die Bühne und erbricht sich in einen
> nahegelegenen Eimer)*

AGRIPPA:

> *(Spöttisches Gelächter)* Ach, das ist durchaus
> nichts Persönliches. Ich liebe es nur, mit allem
> und jedem meinen Jux zu treiben, insbesondere
> mit solch kleinen Menschlein wie ihr einer seid
> Friedrich *(weiteres Gelächter)* Nun kommt, ihr
> Made, wir beide haben einen Auftrag vom Baron
> zu erfüllen! Erhebt euch von eurem nun
> besudelten Eimer und reiht Euch hinter mir ein!

FRIEDRICH:

> *(erhebt sich langsam von dem Eimer, sucht Halt
> an einer Wand und stellt sich hinter Agrippa)* Nun

denn ... gehen wir ...

AGRIPPA:

> *(erheitert)* Mein wertester Friedrich, so macht
> doch nun kein Drama aus meinem kleinen
> Scherzelein. Glaubt mir, wenn ich Euch sage, dass
> ihr einer noch harmlosen meinerseitigen Mokanz
> anheimgefallen seid ... und im Übrigen könnt ihr
> mir ruhig etwas dankbar sein. Dieser Kerker und
> gerade die Kavernen, zu denen wir uns nun
> begeben, sind eine wahre Pestilenzküche von
> Widerwärtigkeiten; vielleicht härtet Euch mein
> kleiner Spaß ja etwas dagegen ab?

> *(Agrippa und Friedrich gehen zur rechten Seite
> ab; Friedrich angeekelt und mit sichtlicher
> Übelkeit, Agrippa mit einem selbstgefälligen
> Gang und Grinsen)*

GEFANGENER EINS:

> Gegangen ist er, nun ist er fort! Heraus heraus, die
> Gefahr itzo vorüber!

GEFANGENER ZWEI:

> Das Klirren und Scheppern tönt nun in so weiter
> Ferne, ich vermag es nicht mehr zu hören! Hervor
> hervor, er ist verschwunden! *(erleichtert)*

GEFANGENE:

> *(euphorisch, erleichtert)* Vorbei, vorbei, itzt ist die

Gefahr gebannt!

(Daraufhin verlassen auch die Gefangenen und die Wachposten die Bühne)

ACHTE SZENE

Agrippa und Friedrich

AGRIPPA:

(mokant) Nun reißt euch doch bitte etwas
zusammen, ihr schwächlicher Wurm! Auf mich
macht ihr keinen sonderlich guten Eindruck, und
die drei Gefangenen werden euch ebensowenig als
besonders admirabel erachten, wenn ihr so
blümerant durch die Korridore schlurft und
jegliches vis-á-vis tunlichst vermeidet.

FRIEDRICH:

(zorneshöflich) Es geht mir bereits besser, gebt
mir doch noch etwas Zeit. Läge es euch so sehr an
meinem Auftreten, hätte es wahre Wunder
gewirkt, mir keinen fäkaliendurchwirkten Trunk
zu reichen, ihr Widerling!

AGRIPPA:

(arrogant) Ihr missversteht mich, mir ist nichts an
der Art eures Auftritts gelegen. Sei er schlecht, sei
er gut ... fürchten Euch die Gefangenen, oder
fürchten sie Euch nicht ... mir ist es einerlei. Mir
ist auch nicht bekannt, aus welchen Gründen der
Baron gerade Euch, so ein höfisches
Madenwürmchen, zu mir hinuntergeschickt hat
um die Kavernenwände zu besprengen. Es wird
sie geben, doch mir sind sie fremd. Ich folge

meinem Herrn, und nehme euch an die Hand ...
doch bedeutet dies nicht, dass mir dabei das
Späßchentreiben mit eurer mickrigen Existenz
verboten wäre. Und wenn ihr dabei allein wie ein
durch Zauberei beflügelter Mehlsack
herumtorkelt, macht das keinen wirklichen Spaß
(zieht eine spöttische Flunsch)

FRIEDRICH:

(seufzend) Ihr hört mit eurer Triezerei wohl nicht
mehr auf. Ich werde mich wohl vor euren üblen
Scherzen hüten müssen.

AGRIPPA:

Ach, das schafft ihr nicht. Ich triefe nur so vor
Erfahrung mit solcherlei Spielereien, und kenne
alle Tricks und Vermeidungstaktiken. Ich erkenne
es schon allein am Augenglanz, am seichten
Blitzen in der der Iris, wenn mein Gegenüber
meinen Händen zu entrinnen sucht. Das werdet ihr
in nächster Zeit nicht allein am eignen Leib
erfahren ... *(dunkles Kichern)*

FRIEDRICH:

(irritiert) Was meint Ihr damit? Nicht allein am
eigenen Leib erfahren?

AGRIPPA:

Ich sagte doch, dass ich Euch etwas an die Hand
nehmen werde ... und was glaubt Ihr, bei welcher

42

Art von Tätigkeit ein Kerkermeister einem
Neuling kann die Hand zur Hilfe reichen?
Knochen knacken, Seelen brechen, Arme
schneiden, Fleisch verbrennen oder vielleicht auch
einfach klassisch malträtieren ... mein tägliches
Brot im Umgang mit den Gefangenen. Doch damit
beginne ich erst dann, wenn sie hinabgesunken
sind. Sie sinken hinab, von Gefangenen zu
Folteropfern und vom Kerker in die Kavernen ...
dort unten lauern Zwielicht und Verzweiflung ...
ohne einen kundigen Schäfer wie mich würdet ihr
mickriges Schäflein dort unten gefressen und
vergessen werden.

FRIEDRICH:

(erregt und verängstigt) Wie meinen? Ihr sprecht
von quälender Marter ... bin ich denn etwa ein
Folterknecht? Ich pro-

AGRIPPA:

(unterbricht lautstark Friedrich) Noch nicht. Und
für den ganzen Weg, der noch vor uns liegt, habt
Ihr ja noch mich, den guten alten Agrippa. Nun
schweigt still, ich öffne die Zelle zu den Kavernen
... wir wollen doch nicht etwa Unerwünschtes aus
den Schatten locken? *(grinst süffisant, nimmt
einen Schlüssel von seinem Gürtel, schließt eine
Tür am linken Bühnenrand auf und geht hindurch)*

43

FRIEDRICH:

O weh mir ... wie inbrünstig hoffe ich darauf, dass
die Dunkelheit dieses Ortes mir gegenüber wohl
gesonnen ist ... o graus, in welchen Abgrund
werde ich wohl noch fallen? *(unruhiges Seufzen)*
Allein der Schritt in die kalte Umarmung der
Finsternis vermag es, mir darauf eine Antwort zu
geben. *(tritt in die Tür, schaut sich noch einmal
verängstigt um, und tritt daraufhin von der Bühne
ab)*

- ENDE DES ERSTEN AKTES -

ZWEITER AKT

ERSTE SZENE

Kerkerzelle der drei Gefangenen. Sie sitzen im Halbkreis,
dem Publikum zugewandt, und diskutieren lebhaft.

Johann, August und Wilhelm

JOHANN:

> *(zu Wilhelm)* Also glaubt Ihr wirklich, ich sei ein
> Soldat? Ich soll jemand sein, der mit Säbel und
> Gewehr in blutdurchtränkte Kriege stürmt? Alles
> daran wirkt mir so fremd und nicht zu mir gehörig
> ...

WILHELM:

> Doch doch, eindeutig! Blickt doch nur auf eure
> Kleidung, so marineblau und golddurchdrungen ...
> die weiße Hose, mit glänzenden Stiefeln ... zwar
> zerschlissen und abgenutzt, doch trotzdem
> prachtvoll, selbst im Zwielicht dieser Zelle! Zwar
> seid ihr unbewaffnet und tragt keinerlei Insignien,
> doch zweifelsohne seid ihr ein Soldat!

JOHANN:

> *(blickt auf seine Kleidung)* Nun, Ihr sagt das so

einfach, allein über mein Exterieur urteilend, ohne zu wissen, ohne auch nur einen Anschein davon zu haben, was für ein Mensch sich unter schweren Schichten des Vergessens in meinem Kopf verbirgt. Es könnte ein verwegener Soldat sein, einer mit Ehre und Pflichtbewusstsein, treu bis in den Tod und fern darüber hinaus. Oder aber auch einer mit faulem Gemüte, ein nichtsnutziger Trinker, der bald an jedem Tage vom Feldwebel gescholten wird. Womöglich bin ich einer der beiden. Vielleicht bin ich keiner der beiden und schnitt nur einem von ihnen die Kehle durch und nahm dessen Kleidung. Vielleicht bin ich ja gerade deswegen hier. Mörder verrotten schließlich meistens in tiefer Dunkelheit.

AUGUST:

(tonlos) Nun, ein treuer und rechtschaffender Soldat würde keine Verbrechen begehen. Und wer keine Verbrechen begeht, der erwacht nicht einfach eines Tages zwischen Schimmel und Gitterstäben. Ihr hingegen seid es Johann. In euren düsteren Worten könnte durchaus Wahrheit liegen. Grundlos dürftet Ihr hier nicht gefangen sein.

WILHELM:

Ihr doch ebensowenig. Unser aller Vergangenheit scheint nicht gerade von Gottesfurcht und Gutbürgerlichkeit geprägt zu sein, schließlich teilen wir allesamt das gleiche Los. Womöglich

46

sind wir alle Mörder, Ihr eingeschlossen.

AUGUST:

(spöttisch) Alle drei also ... somit auch Ihr? Ein wahrlich weltfremder Krüppel, der sich eines Mordes fähig glaubt ... *(erheitert durch seine eigene Spöttelei)*

WILHELM:

(zischend) An eurer Stelle würde ich mich mit den Spötteleien hüten. Meine Arme sind recht kräftig, und dürften keinerlei Schwierigkeiten damit haben, euer letztes Abendmahl aus eurem Wanst emporzuprügeln. Davor rettet euch auch nicht euer schwarzes Kleiderlein.

AUGUST:

(wendet sich beschämt und empört zugleich von Wilhelm ab)

JOHANN:

Euer Stolz ist bewundernswert Wilhelm, doch auch töricht. Uns gemeinsam blutig zu prügeln hat nur den selben Sinn, wie ihn eine Rosine im Gewehrlauf hat; nämlich gar keinen. Ich weiß zwar nicht, welche Hindernisse wir noch werden überwinden müssen ... Folter, Einsamkeit oder auch einfach das Verhungern ... doch ich denke, wir sollten-

WILHELM:

Heda, still! Es kommt jemand! Ich höre Schritte!

AUGUST:

Was, tatsächlich? Oh ja, jetzt höre ich sie auch.
Und murmelnde Stimmen aus der Ferne ...

JOHANN:

Sie kommen immer näher! Die Stimmen werden
lauter, ich hör ihre Stiefel knartschen!

ZWEITE SZENE

Friedrich, Agrippa, Johann, August und Wilhelm

FRIEDRICH:

(öffnet die Tür und tritt vorsichtig in die Zelle ein, schaut sich fragend um und betrachtet die Gefangenen; ein kurzer Moment der Stille, beide Parteien sind gleichermaßen ungewiss)

(irritiert) Verzeiht, meine Herren ... doch mir ist noch unklar ... wie ich mich mit euch zu verfahren habe und was genau von mir verlangt wird ... ich werde -

AGRIPPA:

Aus dem Weg ihr Madendreck! *(stößt Friedrich zur Seite und zu Boden)* Ihr tätet gut daran, eure höfische Etikette abzulegen und mit diesem Abschaum nicht wie mit dem Baron zu reden! *(schreitet imposant auf die drei Gefangenen zu)*

JOHANN, AUGUST, WILHELM:

(weichen vor dem aufbrausenden Agrippa zurück)

AGRIPPA:

(spöttisch) Einen guten Abend meine Herren Gefangenen! Ich hoffe doch sehr, ihr habt in der Dunkelheit dieser Kavernen bereits einen Freund gefunden ... so schnell wird sie euch nämlich nicht

wieder verlassen! *(sinistres Gelächter)*

JOHANN:

Wer seid ihr, und was ist das hier für ein Ort? Und was habt ihr mit unseren ausgeleerten Seelen vor? Wir wissen weder von unserer Vergangenheit, noch können wir uns in die Zukunft denken ... wir sind nichts als ungewiss, Stunde um Stunde in dieser feuchtkalten Finsternis, und warten auf nichts sehnsüchtiger als die Erkenntnis, das Wissen um unsere momentane Lage.

AGRIPPA:

(freudig) Tatsächlich? Wie wunderbar ... mein Braurezept hat funktioniert, und unsere Studien werden auf eine höhere Stufe emporgehoben. Sagt mir, Morituri, ist euer gesamter Verstand geleert? Wie ein Fluss ohne Wasser und ein Berg ohne Höhe? Ist nichts geblieben außer den standkräftigsten Erinnerungen an das Laufen, das Sprechen und das Klagen?

JOHANN:

Ich erinnere mich an gar nichts, außer einigen sinnlosen Fetzen. Wie der Bedeutung des Soldaten, oder dem Wesen Gottes im Himmel. Doch an nichts Anderes, nein. Wieso fragt ihr uns so silberzüngig? Habt etwa ihr unser grausames Schicksal zu verantworten? Seid Ihr etwa der Ertränker unser dreier Erinnerung?

50

AGRIPPA:

(belustigt) Womöglich. Vielleicht bin ich es, der
euer Erinnerungsvermögen hinfortspülte wie ein
Strom einen zerfallenden Ast ... vielleicht bin ich
aber auch nur der bescheidene Kerkermeister, und
der Urspung eurer Amnesie steht direkt neben mir.
(packt Friedrich am Kragen und schleudert ihn
vor die Gefangenen)

FRIEDRICH:

O ihr Elendes ... so glaubt ihm kein Wort, ich habe
nichts mit eurer verschollenen Erinnerung zu
schaffen. Ich bin nur ein einfacher Diener des
Barons von Wolkentief, der in die Kavernen
hinabgerufen wurde, um dem selbstberauschten
Kerkermeister Einhalt zu gebieten, während er
euch Gefangenen durch die letzten Stufen eures
Lebens führen soll ...

AGRIPPA:

Also bisher seid Ihr darin aber bedeutend
gescheitert werter Friedrich. Mir Einhalt gebieten,
pfah, das hier ist mein Reich, mein alleiniges
Herrschaftsgebiet, und niemand außer mir gebietet
hier darüber, wie ich mit Gefangenen zu verfahren
habe. Insbesondere kein in edle Gewandung
gezwängter Popanz aus den obersten Etagen.

FRIEDRICH:

> *(grimmig)* Wir werden sehen, Agrippa ... wir
> werden sehen ...

AGRIPPA:

> *(sich von Friedrich abwendend)* Nun allerdings zu
> euch dreien besonderen Gefangenen. Ihr seid
> eingesperrt in den unterirdischen Kavernen, weit
> unterhalb des großen Schlosses unseres Herren
> Baron Randolf von Wolkentief. Über uns liegt der
> Kerker für das reguläre Diebes- und
> Räubergesindel, unter uns liegt eure Zukunft. Und
> bei uns liegt die letzte Rast für die schlimmsten
> Delinquenten des Herrschaftsbereiches der Feste
> Wolkentief. Und, o wunder, ihr seid ein Teil von
> letzterem. Und auch, wenn ihr euch nicht mehr
> entsinnen könnt, habt ihr allesamt finstere und
> grausame Dinge vollbracht, die nur durch in
> Agonie vergossenes Blut vergolten werden
> können ... *(zückt einen blutverkrusteten Dolch und
> spielt etwas damit herum)*

JOHANN, AUGUST, WILHELM:

> *(weichen erneut vor Agrippa zurück)*

AUGUST:

> Also ist es wirklich eine Strafe für unser
> vergangenes Handeln ... der Vorhof des
> Fegefeuers ... göttliche Marter für unsere irdischen

Verbrechen ...

AGRIPPA:

(erheitert) Wenn Ihr so wollt, könnte man es durchaus als Solches beschreiben. Marter, Strafe und Verzweiflung sind die unheilige Dreifaltigkeit dieser altehrwürdigen Todeskavernen, und jeder ihrer Gäste fährt nach einem kurzen Aufenthalt direkt in die Hölle hinab. Doch genug davon. Wir wollen die Behandlung mit dem Knochenlosen beginnen ... sein Name dürfte Wilhelm Entze sein.

WILHELM:

(robbt ein Stück zu Agrippa und Friedrich) Das ist dann wohl meine Wenigkeit ... außer meinem Vornamen und meiner Beeinträchtigung ist mir nichts im Gedächtnis verblieben.

AGRIPPA:

Gut. Ihr seid des mehrfachen Mordes an einer wohlhabenden Familie und der schweren Verletzung Dutzender angeklagt. Ich befinde Euch hier und jetzt für schuldig, und habe das Strafmaß bereits festgelegt. Es wird auf dem Fuße vollstreckt, in den unteren Höhlen der Kavernen. Folgt uns.

WILHELM:

(verwirrt und panisch) Ich soll ein Mörder sein, ein tatsächlicher Mörder? Nein, das kann nicht

stimmen, niemals wäre ich dazu fähig. Es muss sich um einen großen Irrtum handeln, so schaut mich doch an. Mit zwei kraft- und knochenlosen Beinen kann doch niemand soviele Menschen auf die Fähre schicken, ich glaube es einfach nicht! Wo ist mein Prozess ... hatte ich überhaupt einen? Wer hat mich verurteilt, und wurde ich es überhaupt? Lasst mich in Frieden! *(weicht vor Agrippa zurück)*

AGRIPPA:

(süffisant) Nun, das ist bemerkenswert. Wie klein und lamoryant ein so brutaler Mensch doch sein kann, wenn ihm das Gespenst der Ungewissheit durch die Seele tänzelt ... wie erwartungsvoll so ein Mensch ohne Erinnerungsvermögen doch an meinen Vergebungswillen ist, wenn er sich keiner Schuld bewusst ist ... doch schützt es vor der Strafe nicht! Kommt, ihr elender Abschaum, und tragt eure Bestrafung wie ein Mann!

WILHELM:

(in Panik) Nein nein, das glaube ich nicht ... ihr lügt mich an, ich kann es spüren ... doch auch nicht bestätigen ... ich weiß nicht was ich getan habe, und weiß auch nicht, was ich verdient habe, doch dies hier ist es bestimmt nicht! *(versucht zu fliehen)*

AGRIPPA:

> *(tritt Wilhelm gegen den Kopf und schaltet ihn für einen kurzen Moment aus)* Wie es scheint, möchte der uneinsichtige Schmutz eine Sonderbehandlung ... wie gut, dass ich für Reuelose immer das passende Werkzeug zur Hand habe *(gibt Friedrich einen harten Stab aus Metall)* Prügelt ihn, bis er mit uns kommt oder das Bewusstsein verliert!

FRIEDRICH:

> *(irritiert)* Was ... ich soll ...

AGRIPPA:

> Ja los, so schlagt doch zu! Ihr seid nicht allein zum Observieren hier!

FRIEDRICH:

> *(hin- und hergerissen den Stab in seiner Hand wiegend)* Ich weiß nicht, ob ich das kann ... oder ob es richtig ist ...

AGRIPPA:

> *(zornig)* Entweder ihr schlagt jetzt zu, oder ich werde Euch in Stücke prügeln, bis ihr vor Schmerzen sogar Kinder fressen würdet, wenn ich es befähle! Schlagt zu ihr elender Wurm!

FRIEDRICH:

*(schaut abwechselnd mit Ungewissheit auf den
Stab, Wilhelm und Agrippa, bis ihn doch
schließlich die Angst überwindet und er auf den
sich gerade aufrichtenden Wilhelm einprügelt, bis
dieser matt atmend liegen bleibt)*

JOHANN, AUGUST:

*(betrachten mit Schrecken den geschundenen
Wilhelm und weichen noch weiter vor Agrippa
und Friedrich zurück)*

AGRIPPA:

(entnervt) Na endlich ... nun los, schnappt euch
seine Hände und zieht ihn hinter euch her. Wir
haben für ihn ein ganz besonderes Ziel *(dunkles
Lachen)* Das wird ein böses Erwachen geben. So
los doch Friedrich, bewegt Euch!

FRIEDRICH:

*(lässt im Schrecken über sich selbst die
Eisenstange fallen und starrt den blutigen
Wilhelm auf dem Boden an)*

AGRIPPA:

Heda, hört ihr überhaupt zu? *(gibt Friedrich eine
Ohrfeige)*

FRIEDRICH:

(noch immer geschockt) Ja ... ja, natürlich *(gibt
Agrippa die Eisenstange zurück und zieht Wilhelm
von der Bühne)*

AGRIPPA:

(zu Johann und August) Nun bleibt wohl nichts
weiter zu tun als einen Guten Tag zu wünschen.
Wenn wir mit dem werten Wilhelm fertig sind,
werden wir mit einem von euch beiden
weitermachen ... ich wäre euch sehr verbunden,
kooperativer zu sein als der närrische Wilhelm
hier. Was ansonsten passiert, könnt ihr euch ja
nunmehro in den buntesten Farben ausmalen und
wie ein Märchendichter darüber fabulieren ... viel
Vergnügen in der Dunkelheit! *(lacht sadistisch
und verlässt die Kerkerzelle, die Tür krachend
hinter sich schließend)*

DRITTE SZENE

Johann und August

JOHANN, AUGUST;

*(verharren für einen Moment an ihrer Position,
sind geschockt, werfen sich gegenseitig irritierte
Blicke zu und versuchen zu verstehen, was gerade
vor ihren Augen geschehen ist. Atmen schnell,
rasende Blicke, sie sinken auf den Boden herab)*

JOHANN:

(geschockt und schnell atmend) Was nun ... was
nun war denn das?

AUGUST:

(überwältigt) Ich ... weiß es nicht.
Augenscheinlich handelt es sich bei Wilhelm
tatsächlich um einen Mörder, und der einzige Sinn
unseres Aufenthalts scheint das Leiden zu sein,
jeder nacheinander. Zuerst Wilhelm, dann einer
von uns beiden und zum Schluss der Letzte, der
noch übrigbleibt. Es ist wohl wahrlich wie der
grässliche Mann sagte, und wie ich es mir schon
dachte: Dies hier ist die letzte Rast vor dem
Abstieg in die Hölle, und der Herr hat uns
verlassen ...

JOHANN:

Doch seit wann nennt sich der Teufel Baron von

Wolkentief und schickt einen so ... merkwürdigen
Mann wie den Diener in diese Höhlen hinab,
wenn doch dieser gräuliche Kerkermeister schon
vollkommen ausreicht, um uns im Geiste wie im
Körper zu martern? Seit wann sind sich die Diener
des Teufels uneinig, und seit wann zögern sie?
Verzeiht mir, doch eurem Spintisieren über
Himmelreich und Höllentief kann ich nicht
zustimmen ... es muss jemand Irdisches sein, ein
weltlicher Herrscher, der uns hier unten gefangen
hält ...

AUGUST:

Ihr klammert euch viel zu sehr an die Welt, und
könnt noch nicht verstehen, dass wir bereits
vollkommen verloren sind, weil wir in die
grausamen Fänge des Teufels geraten sind.
Wilhelm war ein Mörder, und nun muss er den
Preis dafür bezahlen. Und so erfüllt sich unser
aller schrecklichste Vorahnung: Wir alle sind
Verbrecher, grausame Sünder, Feinde Gottes, und
erwarten hier in Pein der Ungewissheit unsere
Bestrafung ...

JOHANN:

Glaubt was Ihr wollt, aber eure Teufelsmalerei
lehne ich ab. Trotz allem jedoch habt ihr mit dem
Ausspruch recht, dass wir wohl wirklich allesamt
Verbrecher sind. Sie sagten, Wilhelm habe eine
ganze Familie ermordet und dutzende von
Menschen schwer verwundet, und das habe er

sogar trotz seiner gelähmten Beine
fertiggebracht ... ich vermag es gar nicht, mir
auszumalen, aus welchem Grunde Ihr und Ich hier
sind. Wieviel Blut klebt wohl an unseren Händen,
oder wie viele Schicksale endeten abrupt durch
das Schwingen unserer Fäuste ... und am
wichtigsten: Wie hoch wohl wird das Strafmaß
sein, wie schmerzhaft die Marter, mit der wir
unsere Untaten sühnen sollen?

AUGUST:

Mein werter Johann ... ich glaube diese Antwort
kann uns einzig und allein die Zeit geben. Was
passiert, nachdem wir von den beiden
Teufelsdienern abgeholt werden, liegt noch in der
ungewissen Zukunft. Und ich glaube kaum, dass
wir Wilhelm jemals wieder in einem Stücke sehen
werden. Der Schlund wird ihn gerade jetzt mit
Haut und Haar verschlingen ... so wie es auch zu
späterer Stunde unser Schicksal sein wird.
*(wendet resigniert den Blick ab und scheint sich
in Gedanken zu verlieren).*

JOHANN:

*(geht zur Zellentür und sucht die Tür nach
Öffnungsmöglichkeiten ab)* Nichts mehr zu sehen,
und ihre Fackel haben sie mit sich genommen.
Keine Spur vom Wohin, und nicht einmal ein
Hauch vom Warum. Wie lange sie Wilhelm wohl
malträtieren müssen, bis er einknickt? Wie lange
werden sie wohl kräftig quälen, bis es ihnen zur

60

Genüge scheint? Wie lange werde ich wohl warten müssen? Stunden? Tage? Monate, Jahre sogar? Ist das Warten vielleicht Teil der Marter? O weh uns allen ... so Gott will, möge er uns helfen. Und sollte selbst Gott uns verlassen haben, so bleibt nur noch auf die Gnade des Meisters zu hoffen ...

AUGUST:

(aus der Ecke) Gott hat uns bereits verlassen, Ihr müsst es euch nicht schönreden. Und auf die Gnade des Meisters zu hoffen wäre der naiven Hoffnung gleich, dem Tode zu entkommen. Gnade und Mitgefühl sind Eigenschaften des Herrn, unseres Gottes ... nicht aber seines finsteren Gegenspielers, dem stetig hungernden und nach Seelen lechzenden Mephistopheles ... wir sind Letzterem ausgeliefert, und können dabei nur auf Letzteres vertrauen ... nämlich auf unseren baldigen schmerzhaften Hinabstieg in die Hölle.

JOHANN:

Wisst Ihr, je öfter Ihr von der Hölle und unserer Verdammtheit sprecht, umso mehr werde ich dazu verführt, auch daran zu glauben; schließlich ist es eine einfache Erklärung für unsere Situation, und ihr scheint euch mit der in Stein gemeißelten Folter auch bereits bestens arrangiert zu haben. Doch es widerstrebt mir zutiefst, mich mit solch rabenschwarzen Aussichten zufriedenzugeben, mein Geist wehrt sich mit allen Mitteln dagegen.

Und solange er das tut, bin ich mir gewiss, noch am Leben zu sein. Vielleicht solltet Ihr das auch einmal versuchen ... dann können wir vielleicht gemeinsam daran arbeiten, diesem Gefängnis zu entfliehen, solange wir noch die Zeit dafür haben!

AUGUST:

Eine vergeudete Liebesmüh. Ihr solltet eure Kräfte für die Folterknechte sparen, und Euch nicht für eine Unmöglichkeit verausgaben.

JOHANN:

Ach seid doch still ihr lebensmüder Pfaffe. Ich habe kein großes Interesse daran, hier zwischen Blut und Stein zerrieben und gequält zu werden, und das noch für Taten, an die ich keinerlei Erinnerung habe. Ich hege nicht den Wunsch, in einer nassen Höhle das Zeitliche zu segnen ... aber für Euch ist es ja scheinbar die Erfüllung eures Schicksals. Nur zu, viel Spaß beim Totentanz, ich versuche weiterhin mein Glück bei der Flucht!

AUGUST:

Und genau da liegt der große Unterschied zwischen eurer Verblendung und meiner Klarsicht: Ihr seid so sehr davon überzeugt, dem Vorhof der Hölle entkommen zu können, dass Ihr euch einredet, noch am Leben zu sein, obwohl Ihr es nicht seid. Wie ein Hund, der unbedingt einmal König werden will. Ich hingegen habe es

verstanden und hingenommen; Ihr seid ebenso tot
wie ich es bin; Ihr müsst es bloß noch anerkennen,
um es auch wirklich verstehen zu können.

JOHANN:

Nun schweigt endlich, Todessüchtiger, und haltet
eure Zunge im Zaum. Ich muss mich
konzentrieren, und brauche dabei keine religiösen
Phantasmen von einem gedächtnislosen alten
Sermonisten! *(wendet sich ab und werkelt an der
Tür herum)*

AUGUST:

Gut gut, so will ich schweigen ... früher oder
später werdet Ihr es ohnehin verstehen müssen.
*(legt sich auf sein Bett und dreht sich auf die
Seite)*

VIERTE SZENE

Karger Korridor. Hintergrund aus grob behauenem Stein..

Friedrich, Agrippa und bewusstloser Wilhelm

AGRIPPA:

(gehend) Friedrich, Ihr seid zu zögerlich. In den
Momenten eures Zögerns hätte uns der Gefangene
attackieren oder entfliehen können ... und ja, wenn
von Angst und Verzweiflung berauscht vermögen
es selbst die Knochenlosen , schneller zu rasen als
die prächtigsten Warmblüter seiner Majestät.
Unterschätzt niemals die Kräfte eines in die Ecke
getriebenen Tieres ... insbesondere nicht ihren itzo
alleinig instinktiven Willen. Durch ihren Kopf
dröhnt nichts als ein Fluchtverlangen, und ihr
Körper wird mit aller Kraft dafür kämpfen. In
solchen Momenten kann man, mit gespitztem Ohr,
das Herz der Gefangenen lautstark schlagen hören
... ein monotones Trommelspiel, doch voller
Kraft und Willensstärke ... meist ist es allerdings
nichts als vergebliches Aufbäumen! *(lacht
spöttisch)*

FRIEDRICH:

*(den bewusstlosen Wilhelm hinter sich
herziehend)* Die Philosophie eines
leidenssüchtigen Kerkermeisters ... welchen Sinn

hat diese Grausamkeit, diese Grässlichkeit?

AGRIPPA:

Gefangene ihren Taten gerecht zu behandeln ist
nunmal nicht das Malen eines königlichen
Portaits, ist kein gesittetes Treffen zu Tee und
Süßigkeit, kein großmütterliches
Deckchenstricken ... es ist allein die gebündelte
Widerspiegelung ihrer Taten auf ihren eigenen
gebrechlichen Körper, es ist stellvertretende
Vergeltung für die Opfer.

FRIEDRICH:

Ist nicht der Tod allein Bestrafung genug für diese
Menschen? Ist nicht eine ausgeblasene
Lebenskerze das schlimmste Schicksal, welches
einem Menschen widerfahren kann? Warum habt
ihr diese drei Männer nicht sofort an Ort und
Stelle hingerichtet? Es hätte so viel von dem
erspart, dessen ich bisher Zeuge war und noch
weiterhin sein werde ...

AGRIPPA:

(mürrisch, bleibt stehen) Ihr seid ein Weichling
Friedrich. Eine Hinrichtung ist kaum eine
Bestrafung, mehr ist sie eine direkte Erlösung. Ein
gezielter Klingenschlag, ein rollender Kopf, und
jegliche Strafe ist vorüber. Weder Reue noch
Vergeltung wird dadurch erzielt, den Tätern ihre
Untaten nicht bewusst gemacht ... dieser Mann

65

hier, den Ihr gerade wie einen nassen Sack hinter
Euch herschleift und so wehmütig bemitleidet, hat
im vollsten Bewusstsein am hellichten Tage zwei
liebende Eltern sowie den Bruder der Mutter
brutal abgeschlachtet, und die zahlreichen Kinder
allesamt grotesk verstümmelt, teils bis hin zur
Unkenntlichkeit. Kinder, Friedrich, Kinder! Und
das nur, weil er es verabscheute, im Dienste
ebendieser Familie zu stehen. Sie gaben ihm die
Möglichkeit zur Arbeit, zum Broterwerb, trotz
seiner massiven Einschränkungen, und so dankte
er seinen Gönnern ... mit zerschlissenen Hälsen,
zerborstenen Schädeln und malträtierten
Kindern ... wollt ihr wahrlich so einen Mann
verteidigen und ihm die gerechte Strafe für seine
Verbrechen verwehren? Falls ja, seid Ihr noch
dümmer, als ich es je hätte erträumen können ...

FRIEDRICH:

(bleibt ebenfall stehen, überrascht, und einsichtig)
Ein Familienmörder und Kinderschlitzer sagt Ihr?
So hinterrücks und ungerechtfertigt auch noch
dazu ... nun gut, keine Strafe ist vergeltend genug
für solch eine Schandtat; vielleicht hat er wirklich
solch eine brutale Behandlung verdient.

AGRIPPA:

Wie wundervoll, dass Ihr mir folgen könnt und
mich versteht. Und bei solchen Männern dürft Ihr
niemals eine wichtige Regel vergessen: Für sie
gibt es keinerlei Mitleid, sie haben jegliches Recht

darauf willentlich von sich fortgestoßen. Hört nicht auf ihr Wehklagen, ihre rührenden Geschichten und Hirngespinste ... dieser hier wollte es partout nicht wahrhaben, ein gräulicher Mörder zu sein, und versuchte uns einen Gedächtnisverlust vorzuspielen, pfah, es ist stets dieselbe alte Leier. Das Einzige, was für mich zählt, sind Taten. Und solcherlei Bluttaten können allein mit Blut vergolten werden ... doch auf die langsamste, quälendste und marterndste Weise, die uns möglich ist. Und genau das werde ich durchführen. Wie aktiv Ihr dabei sein wollt, steht noch etwas in den Sternen.

FRIEDRICH:

Pardon, wie meinen? In den Sternen? Der Baron übertrug mir die Aufgabe, mit gemeinsam mit Euch diesen Gefangenen anzunehmen ... und so langsam begreife ich auch, was er damit meinte. Immer noch erschließt sich mir nicht der Grund dafür, weshalb er gerade mich dafür erwählte, doch wer weiß ... der Baron wird seine Gründe haben. *(euphorisch)* Ich werde diese Unmenschen gemeinsam mit Euch der gerechten Strafe zuführen, und meinerseitigen Schläge mit der Eisenstange werden ein Nichts im Gegensatz dazu sein, was ich in diesen dunklen Kavernen noch tun werde!

AGRIPPA:

Kühn, und genau richtig mein werter Friedrich

Granthelm. Doch macht Euch keine Illusionen, Ihr werdet höchstens meine Befehle ausführen ... schließlich bin ich hier der Mann vom Fach, und Ihr bisher nur ein euphorischer Knilch. Ihr werdet euren Spaß haben, keine Angst. Schließlich kann auch der Mann Freude an der Reitkunst finden, der keine Zügel in der Hand hält, richtig?

FRIEDRICH:

(beleidigt und grimmig) Ich denke, Ihr habt Recht. Fürs Erste werde ich mich Euch in Fragen der Folter Euch unterordnen.

AGRIPPA:

(selbstzufrieden) Gut! Warum denn nicht gleich so von Anfang an? Dann nehmt erneut die Hände dieser bewusstlosen Kreatur in die eurigen, und zieht ihn hinter mir her, damit wir flugs damit beginnen können, einen gerechten Ausgleich zu schaffen! *(stolziert vorwärts und von der Bühne ab)*

FRIEDRICH:

(zum Publikum und für sich allein) Oh warte nur, du eigensüchtiger Schinder du ... dich werde ich bezeiten noch Mores lehren, bis dir die Überheblichkeit im Rachen stecken bleibt und du jämmerlich daran erstickst. Wahrlich, nicht lange werde ich der Knecht eines narzisstischen Folterknechtes sein ... *(murmelt fluchend vor sich*

hin und geht, mit Wilhelm im Schlepptau, von der
Bühne ab)

FÜNFTE SZENE

Verwahrloste Kerkerzelle. Verrostete Ketten im Hintergrund, zerbrochene Stühle und ein entzweigebrochenes Bett links und rechts, Gitter an den Außenrändern (schräg dem Publikum zugewandt)

Friedrich, Agrippa und Wilhelm

FRIEDRICH, WILHELM, AGRIPPA:

> *(treten von der linken Seite auf die Bühne)*

AGRIPPA:

> So, nun könnt Ihr ihn da liegen lassen. Sein Weg und eure Plackerei enden hier.

FRIEDRICH:

> Na endlich! *(wirft Wilhelms Hände von sich fort und lässt ihn auf dem Boden liegen)* Und ... was tun wir jetzt?

AGRIPPA:

> Wir, mein Lieber? Weniger als Ihr vermutet. Wir werden zuerst diese elende Ausgeburt aus ihrem stumpfen Dornröschenschlaf befreien, und danach das Zepter an jemand Anderen übergeben. Holt den Eimer von dort, er dürfte voller Wasser sein.

(zeigt auf einen Holzeimer an der Wand)

FRIEDRICH:

(spöttisch, im Gehen) Wir übertragen jemand
Anderem die Aufgabe der Vergeltung? Wahrlich,
so hätte ich bei all eurer Überheblichkeit niemals
von Euch gedacht. Ich ging davon aus, Ihr führtet
hier alle Bestrafungen durch mit eigener Faust? O
wie falsch ich doch lag ... kommen uns etwa
gleich ein paar verbuckelte Folterknechte
entgegen? *(stellt den Eimer vor Agrippas Füße)*

AGRIPPA:

(bedrohlich) Es sind kühne Worte, die Ihr sprecht.
Sie muten so seltsam an, aus dem Mund eines
weißgepuderten Gesichtes auf einem
blauverhüllten Körper ... ein Popanz, gefallen aus
der höchsten Lage Wolkentiefens Etagere ... der
mich, blauäugig wie grünschnablig, für meine
Methoden verspotten will? Überlegt Euch gut, wie
stark eure Faust und wie fest euer Geist ...
womöglich verleitet Ihr mich noch dazu, euch
beide zu zerfetzen. Und bedenkt dabei stetig, wie
weich eure schneeweiße Haut ist ... *(schlitzt
Friedrich mit einem Messer die Wange auf)*

FRIEDRICH:

(geschockt, sich die Wunde haltend) Ihr Elender ...
Ihr Elender ...

AGRIPPA:

(gehässig) Vergesst nicht, wo euer Platz ist. Vor einigen Minuten hattet Ihr es euch darin doch schon so bequem gemacht ... nun geht. Geht schonmal vor die Tür, das Spektakel beginnt in wenigen Augenblicken!

FRIEDRICH:

(torkelt verwundet aus der Zelle und geht somit von der Bühne ab)

AGRIPPA:

Eine Made ohnegleichen ... *(nimmt sich den Eimer und entleert den eiskalten Inhalt aus Wasser, Urin und Fäkalien über Wilhelm, der daraufhin erschrocken erwacht)* Wacht auf Ihr Wurm!

WILHELM:

(benommen) Was ... o nein ... wo bin ich hier ...

AGRIPPA:

(künstlich pathetisch) Am Schrein der Vergeltung, an der letzten und endgültigen Etappe eurer verwirkten Lebensreise. Ihr werdet schon bald verstehen, keine Angst. *(finsteres Gelächter, begibt sich in Richtung Ausgang)*

WILHELM:

(verzweifelt) Hey ... so wartet doch ... was soll das
hier ... so lasst mich doch gehen! Nichts weiß ich
mehr, ich habe nichts getan! Ihr elendes Monster!

AGRIPPA:

(spöttisch) Klug ist, wer sich in Momenten des
Schreiens im Schweigen übt. Leise überlebt Ihr
womöglich etwas länger ... sofern sie Euch nicht
bereits schon entdeckt hat *(lauthalsiges dunkles
Gelächter, geht von der Bühne ab)*

WILHELM:

Wer ... wer hat mich gefunden? Wer ist noch hier?
Was wollt Ihr denn nur von mir? He, Ihr dreckiger
Hund, so antwortet mir! Antwortet mir!
(verzweifeltes Schreien im Descrescendo)

SECHSTE SZENE

Wilhelm, Hedwig, Folteropfer

WILHELM:

(*kauert schaudernd auf dem Boden, versucht sich zu verbergen*)

HEDWIG:

(*fiepsig singend, aus der Dunkelheit*) Es zittert das Fleisch ... es rasselt der Wind

Es malmet der Stein ... es schallet der Schmerz ...

WILHELM:

Wer ... wer ist da? Zeigt Euch ... ich kann Euch hören!

HEDWIG:

... es zischet die Peitsch' .... es klaget das Kind ... es fließet das Blut und raset das Herz ...

WILHELM:

(*verängstigt, weicht zurück*)

HEDWIG:

(*humpelt langsam aus der Dunkelheit und starrt Wilhelm mit brennenden Augen an; murmelnd vor sich hin*)

WILHELM:

(weicht weiter zurück und hält seine Hände schützend vor sich)

HEDWIG:

(wird immer schneller, bis sie direkt vor Wilhelm steht und ihn ungläubig anstarrt) Und ich dachte ich hätte euer Gesicht vergessen ...

WILHELM

(überrascht) Ihr ... Ihr kennt mich?

HEDWIG:

(Gekünstelt schmeichelnd) Aber natürlich ... wie könnte ich denn so jemanden vergessen? Einen so starken Mann, mit der Kraft eines Ochsen ... soviel habe ich von Euch betrachten können ... so vielem wohnte ich als stumme Zeugin bei ... o wie viel doch meine Augen sahen und mein Herz verspürte ...

WILHELM:

Tatsächlich? Woher kennt Ihr mich? Wisst Ihr mehr über mich? Und wer überhaupt seid Ihr? Warum seid Ihr hier?

HEDWIG:

Ich? Düstere Züge des Schicksal banden meine

bescheidene Existenz vor einiger Zeit an diesen finsteren Ort ... doch die hiesige Folterei, das zähe Tränenscheiden, haben meine Erinnerung und meinen Geist stark vertrübt. Versuche ich mich zu erinnern, ist es wie mit der Hand nach dem Nebel zu greifen ... alles wirkt nah, doch liegt in Wirklichkeit in weiter Ferne ... zu weit ist es schon hinfortgetrieben, als dass es jemals wieder greifbar wäre ... in meinem Kopf verbleiben nur noch vereinzelte Fetzen von Erinnerung ... doch darüber nachzudenken, schmerzt. Ich kann Euch nur sagen, dass mein Name Hedwig lautet ... der Rest ist nur ein trüber dunkler Teich.

WILHELM:

Nun denn, Hedwig, mein Name ist Wilhelm, und auch ich kann mich an kaum etwas erinnern. Scheinbar teilen alle Insassen dieses Kerkers das selbe Los.

HEDWIG:

Amnesie ist unter uns Gefangenen durchaus verbreitet ... außer unserem Namen und der stetigen Folter wissen wir allesamt von nichts. *(beginnt zu singen)*

Es zittert das Fleisch, es rasselt der Wind

Es malmet der Stein, es schallet der Schmerz

Es zischet die Peitsch', es klaget das Kind

76

Es fließet das Blut und raset das Herz

HEDWIG, FOLTEROPFER:

/: Wir tragen die Ketten zu unserer Zier

Verloren die Lichter der einstigen Zeit

Gebunden an Folter, das quälende Leid

Denn alle gemartert werden wir hier

Denn alle gemartert werden wir hier :/

WILHELM:

(irritiert von den vielen anderen Stimmen und krabbelt unruhig durch die Zelle)

HEDWIG:

Es knirschet das Holz, es tropfet das Moos

Es wachet der Stab, es schreiet der Traum

Es wandelt die Angst, es schaudert der Schoß

Es rauschet das Ohr und beißet der Raum

HEDWIG, FOLTEROPFER:

/: Wir tragen die Ketten zu unserer Zier

Verloren die Lichter der einstigen Zeit

Gebunden an Folter, das quälende Leid

Denn alle gemartert werden wir hier

Denn alle gemartert werden wir hier :/

HEDWIG:

Es kriechet der Wurm, es triefet die Deck'

Es naget die Furcht, es jammert die Not

Es klirret der Dolch, es miefet der Dreck

Es dröhnet der Kopf und singet der Tod

HEDWIG, FOLTEROPFER

/: Wir tragen die Ketten zu unserer Zier

Verloren die Lichter der einstigen Zeit

Gebunden an Folter, das quälende Leid

Denn alle gemartert werden wir hier

Denn alle gemartert werden wir hier :/

HEDWIG:

Wahrlich schlimm ist unser dunkles Schicksal.
Das Unwissen über den Grund unserer
Gefangeneschaft nagt schlimmer als jedes
Ungetier ... welch Schandtat solle denn ich
verrichtet haben, als junges Mädel von ungefähren
fünfzehn Jahren? Zählt es denn schon als
Verbrechen, ein Zeuge von Blut und Grausamkeit
zu sein? Bestraft das Gesetz etwa all jene, die

hilflos die Ausweidung ihrer Geliebten betrachten
müssen? Ist es etwa eine Schandtat, ein Opfer zu
sein?

WILHELM:

(irritiert) Was meint Ihr? Erinnert ihr Euch doch
an etwas?

HEDWIG:

Tatsächlich. Womöglich war ich nicht ganz
ehrlich zu Euch. Aber das wart Ihr gegenüber mir
ebensowenig. Denn Ihr seid euch vollkommen
über die Gründe eures Aufenthaltes bewusst.

WILHELM:

(ängstlich) Nein, mitnichten! Ich weiß von gar
nichts, mein Kopf ist leerer als eine zerschlagene
Weinampore ...

HEDWIG:

(bedrohlich) Ach, so hört doch mit euren
Trügereien auf, Wilhelm. Ihr wisst, was Ihr getan
habt ... was Ihr mir angetan habt ... und euer
stetiges Leugnen hebt euer Strafmaß nur in
ungeahnte Höhen hinauf.

WILHELM:

(verängstigt, verzweifelt) Nein, nein, das kann
nicht sein ... dieser düstere Kerkermeister, der

leidenssüchtige Teufel, hat Euch mit Lügen gefüttert ... und mit mir versuchte er es ebenso, versuchte mich in die Reue zu treiben ... doch ich weiß, ich spüre, dass ich nichts getan habe ... wie denn sollte ich solcherlei Schandtaten mit zwei lahmen Beinen vollbringen?

HEDWIG:

Auch mir ist unklar, wie Ihr es vollbringen konntet ... und auch ich traue Agrippa kein Wort. Dieser blutbefleckte Leidensknecht tut nichts, ohne Schmerzen zu verursachen. Seine Worte schneiden wie seine Klingen, und sein Geschrei brennt wie seine Eisen ...

WILHELM:

(verzweifelt) Ja, ja genau! Zu seinem Amusement versucht uns dieses Monster in einen Kampf zu ziehen ... glaubt nicht seinen Lügen, ebenso wie ich ihnen nicht glaube!

HEDWIG:

(finster, bedrohlich) Ihr seid ein verzweifelter Mann Wilhelm ... ein sich im eigenen Dreck wälzender Wurm, um jeden Preis versuchend, seiner Bestrafung zu entgehen ... Agrippa kann mir ruhig Lügen über Lügen durch die Seele jagen ... doch um Euch zu verachten, bedarf es solcher nicht einmal. Eine der letzten Wahrheiten, die noch durch meinen Kopfe spukt, ist eure

blutzerfressene Fratze über den Leichen meiner
Eltern ... ich glaubte, sie vergessen zu haben ...
doch eure kümmerliche Visage, wimmernd
liegend zu meinen Füßen, sofort kam die
brennende Erinnerung zurück. Und Ihr wisst doch
sicherlich, wie es sich mit dem Feuer verhält:
Löscht man es nicht, wird es alles zerstören. *(hebt
einen spitzen Stein vom Boden auf)*

WILHELM:

(verzweifelt, hechtet in Richtung Tür) Nein, nein,
Ihr versteht es nicht! Ihr müsst mir glauben, das
hier ist doch alles nur ein sinistres Todesspielchen,
zur Unterhaltung dieses verfluchten
Kerkermeisters! Haltet ein, haltet ein, ich flehe
Euch an!

HEDWIG:

(kehliges Gelächter) Einhalten? Ihr fleht? O,
welch Wendung ... als würde die Vergangenheit in
die Zukunft gespiegelt werden. Nun stehe ich über
Euch, mit der Macht über Blut und Vergeltung,
und Ihr windet euch am Boden wie eine Made im
Kadaver ... o, ich werde mich erlösen ... *(geht
weiter auf Wilhelm zu)*

FOLTEROPFER:

Vergeltung, Vergeltung, Vergeltung, Vergeltung!

WILHELM:

> *(kratzt in Verzweiflung an der Tür)* Nein ... nein ..
> nein ...

HEDWIG:

> *(kommt näher)*
>
> Wir tragen die Ketten zu unserer Zier
>
> Verloren die Lichter der einstigen Zeit
>
> Gebunden an Folter, das quälende Leid

FOLTEROPFER:

> Vergeltung, Vergeltung, Vergeltung, Vergeltung!

HEDWIG:

> *(schlägt zu und beginnt blutrauschartig, Wilhelm
> das Blut aus dem Körper zu schlagen)*
>
> *(sadistisch fröhlich)* Denn alle gemartert werden
> wir hier
>
> Denn alle gemartert werden wir hie

FOLTEROPFER:

> Denn alle gemartert werden wir hier
>
> Denn alle gemartert werden wir hier

HEDWIG, FOLTEROPFER:

(schlägt weiter unaufhörlich auf Wilhelm ein)

/: Denn alle gemartert werden wir hier :/ (6x)

HEDWIG:

(hört grinsend auf, nachdem Wilhelm sich nicht mehr bewegt) Wie belebend doch Vergeltung ist! Wie sehr das Blut doch Körper und Seele belebt! *(Manisches Gelächter)*

(hält plötzlich inne) Doch wird mich dieses Blutopfer wirklich von allem befreien? Von diesen Ketten, diesen Wunden, dieser Folterei? Von diesen dunklen Wänden und triefenden Stäben? Wird der Herr dieses Kerkers mich nun gehen lassen oder mich bis ins höhere Alter hier verrotten lassen? *(lautes Schluchzen)* Nein, wird er nicht! Nun habe ich jemanden getötet, und er wird es als Vorwurf nutzen, um mich bis in alle Ewigkeit in diesen gottverlassenen Kavernen martern zu können! O weh mir, auch mit Händen voller gerechtem Blut bin ich verdammt, bin ich verflucht ... *(lauthalses Schluchzen, wütende Schreie; läuft ziellos und überfordert durch die Zelle, bis sie sich schlussendlich etwas beruhigt und den spitzen Stein wieder aufhebt)*

Nun, womöglich wird mich allein dies befreien. *(schneidet sich unter Qualen die Kehle durch und fällt leblos zu Boden)*

SIEBENTE SZENE

Studierzimmer des Barons

Baron und ein Diener mit Violine

DIENER:

(spielt Beethovens "Ode an die Freude" auf der Violine)

BARON:

(ist sichtlich entzückt und schmiegt sich der Melodie an)

DIENER:

(beendet sein Spiel und verbeugt sich vor dem Baron)

BARON:

(Applaus) Bravo, bravo mein Lieber! Welch galantes Spiel! Welch filigranes Fingerspiel! Eine Freude, euch Virtuosen ein Ohr zu leihen!

DIENER:

Vielen Dank mein Herr. Soll ich noch etwas Anderes für Euch spielen?

BARON:

Sehr gern. Doch kein bekanntes Stück wünsche
ich zu hören ... lasst mich Zeuge werden von eurer
Kreativität. Improvisiert mir ein kleines Stück,
schmückt dieses Zimmer mit bis dato unbekannten
Klängen. Zeigt mir die Kraft, die in diesen wendig
Fingern und diesem hellen Geiste steckt.
Womöglich inspiriert es mich beim Schreiben
meines Buches zu wundervoller Wortmagie ... wer
weiß? Beginnt!

DIENER:

*(überlegt kurz, beginnt daraufhin, auf der Violine
zu improvisieren)*

BARON:

*(setzt sich an seinen Schreibtisch, kramt Papier,
Feder sowie Tinte heraus und beginnt damit, auf
dem Papier zu schreiben)*

Titel: Über die Natur des Menschengeschlechtes

Die Natur des Menschen ist schlichtweg diejenige,
die nicht in Ewigkeitsklauseln festgehalten oder in
eiserne Gesetze gegossen werden kann. Sie ist
unbeständig, nicht an allzeit gültige Prinzipien wie
das Himmelreich, die Vernunft oder den Tieren
inhärente Triebe gebunden ... sie hat keine feste
Gestalt, sondern gerade ist es ihre Gestalt, sich
allen äußeren Einflüssen anzupassen, so wie sich

die Suppe in der Schüssel rundet, das Metall in der Gussform zum Schwerte wird oder das Fleisch im Kopftopf die Röte verliert. Die Natur schafft sich selbst, indem sie sich den äußeren Bedingungen anpasst. Die Tochter einer Dirne kann nichts als eine Dirne werden; sind ihr doch alle anderen Wege durch ihre Herkunft versperrt, ungeachtet dessen, wie vernünftig sie doch sein möge. Diese Anpassung menschlicher Natur, des menschlichen Bewusstseins, ist die Grundlage für unser Überleben; denn es ermöglichte dem Menschengeschlecht, alle Situationen, alle kommenden Gefahren zu überwinden, ohne unverändert vom Zahn der Zeit zernagt zu werden. Einige sehr geistreiche Franzosen des vergangenen Jahrhunderts bezeichneten diese Art des Denkens als Materialismus.

Ich als Gelehrter stehe in Gänze auf der Seite dieser Herren. Meine Forschungen innerhalb dieses Feldes werden durch Experimente unterstützt, die ich persönlich mit Probanden durchführe. Ich untersuche dabei den Anpassungsgrad menschlichen Bewusstseins auf individueller Ebene im Kontext einer für den Probanden vollkommen ungewissen Situation.

DIENER:

(hört mit dem Spielen auf, da er bemerkt, dass sein Herr in das Schreiben vertieft ist)

BARON:

Dabei greife ich auf einige Techniken zurück,
die .... *(grimmig)* he, Musikus, weshalb schweigt
eure Violine? Habe ich Euch etwa befohlen
aufzuhören? Nun los, spielt weiter! Sie war doch
sehr schön, eure Stehgreifspielerei, und ich
wünsche, mehr davon zu hören!

DIENER:

Jawohl, mein Herr *(spielt weiter auf der Violine)*

BARON:

*(versucht weiter zu schreiben, hat jedoch
scheinbar den Faden verloren und legt das
Dokument zur Seite.)* Schönen Dank, nun habe ich
meine Inspiration und Schaffenskraft der vorigen
Minuten verloren ... doch vielleicht kehrt sie ja
gleich wieder. Los Musikus, lauter! *(lehnt sich
nachdenklich in seinen Stuhl zurück)*

ACHTE SZENE

Karger Korridor

Friedrich und Agrippa

FRIEDRICH:

*(hält grummelnd seinen Ärmel gegen seine
Wange, um die Blutung zu stoppen)*

AGRIPPA:

(sanftes Lachen, erheitert) O, welch ein
Spektakel! Nichts geht doch darüber, ein Zeuge
zweier Todgeweihten zu sein, die eigenständig, im
Strudel von Vergeltung wie Verzweiflung, ihrer
beiden Leben Lichter löschen. Tränentriefendes
Theaterspiel ist ein Nichts gegen die
Ausdruckskraft menschlicher Todeskämpfe ...
gegen die letzten fruchtlosen Auflehnungen gegen
das bereits in Stein gemeißelte Schicksal ... der
letzte Schuss eines sterbenden Soldaten, der nichts
mehr zu vollbringen vermag als in der Luft zu
vergehen und ungehört im Winde zu verhallen.

FRIEDRICH:

(weiterhin grummelnd) Wahrhaft große Worte für
einen totgeprügelten Lahmen und ein freitotes
Mädel. Ich habe den Eindruck, Ihr solltet Euch
womöglich einmal von diesen finsteren Kerkern

abwenden ... bei eurer unnatürlichen Freude
während dieser Darbietung könnte man Euch
direkt als einen Wahnsinnigen bezeichnen ...

AGRIPPA:

(genervt) Ist es Wahnsinn, seiner Arbeit
gewissenhaft nachzugehen und in ihr
aufzublühen? Zeugt es von Mondsüchtigkeit,
wenn ein Bauer immer eifrig seinen Acker pflügt
und sich stets gut um seine Tiere kümmert? Ist der
Gelehrte verrückt, der massenweise Bücher liest,
um seine eigenen Arbeiten voranzubringen? Ist
jener Soldat dem Wahn verfallen, der seine
Befehle gut befolgt und in Zeiten der Knappheit
die Ration mit seinen Kameraden teilt? Sind sie
es?

FRIEDRICH:

Nein, selbstredend nicht. Doch handelt es sich bei
euren Ausführungen nicht um Folterknechte und
Kerkermeister, die eine Freude am Leid ihrer
Gefangenen entwickelt zu haben scheinen. Eine
Freude, die sie dazu verführt, weit über das
gesetzte Maß an Bestrafung hinaus noch härter zu
bestrafen. Eine Freude daran, die Gefangenen
noch tiefer stürzen zu lassen als sie es selber
jemals könnten. Dieses Mädchen, ihr Name war
Hedwig ... war nicht der einzige Sinn ihrer
Gefangenschaft, ihr beizeiten Wilhelm zum Töten
vor die Füße zu werfen? Dieses hättet Ihr doch
durchaus ohne die Gefangenschaft organisieren

89

können. Und ohne die Folterungen an ihrem doch so jungen Körper, an die sie sich so unwillig zu erinnern schien ... mir erscheint es alles als unnötig. Der einzige Sinn dahinter scheint mir die Freude zu sein, die ihr dabei empfindet, noch mehr Seelen in eurem feuchten Kerker zu zermartern. Agrippa, Ihr seid krank. Womöglich sollte ich dem Baron von Wolkentief einmal etwas über eure hiesige Arbeit berichten ...

AGRIPPA:

(beleidigt) So nun beschimpft Ihr mich, Laufbursche Friedrich Granthelm? Meine Arbeit ist die Bestrafung, und ich führe sie stets gewissenhaft und nach allen Gesetzen der Vergeltung aus. Seid nur versichert, dass keine der Handlungen, die sich innerhalb meines kleinen Reiches hier abspielen, dem Baron unbekannt sind. Beginnt ja nicht daran zu glauben, unterhalb der Mauern seiner Feste braue sich ein Trunk aus Wahnsinn und Leiden zusammen, dessen er weder durch Aug noch Ohr habhaft werden könne. Ich bin kein kranker Folterknecht, der alle Zügel fallenlässt und seinen untersten Trieben die Gittertüren des Kerkers öffnet ... ich handle mit mehr System und Absprache, als Ihr vielleicht glauben wollt.

FRIEDRICH:

(überrascht) Der Baron weiß von alledem? Und billigt eure leidenssüchtigen Spielereien, die über

jegliches Maß von Züchtigung und Bestrafung hinausgehen? Ihr habt recht, ich will es nicht glauben, und werde es auch nicht. Ihr könnt mir viel erzählen, doch dies werde ich Euch nicht abkaufen. Der Baron ist ein gerechter und rechtschaffender Mann, niemand, dem derartige Praktiken wie hier genehm wären. Bestrafung hin oder her, doch dies ... nein, solch düstren Charakter traue ich dem werten Baron nicht zu.

AGRIPPA:

(gleichgültig) Glaubt, was Ihr für richtig haltet, ihr Diener aus den höchsten Kammern. Doch seid versichert, dass ich Euch bisher noch kein einziges Mal belogen habe. Alles, was ich über diese Gefangenen weiß, habe ich vom Baron höchstselbst erfahren. In Nacht und Nebel kamen sie hierher, und ich, mit ein paar Knechten, verlud sie in die hinterste Zelle, auf Anordnung des Barons. Er selbst stieg einige Stunden später hinab, um sich zu vergewissern, ob auch alles nach seinen Wünschen abgelaufen war. Und während seiner Begutachtung erzählte er mir alles über diese Gefangenen ... das Warum, das Wie, das Wo ... und am Wichtigsten: das Wohin.

FRIEDRICH:

(ungläubig) Nein nein, Ihr versucht nur, mir Lügen aufzutischen. Mein Herr würde doch so etwas niemals billigen! Und im Übrigen habt Ihr mich doch schon belogen; oder ist Euch euer

ekelhaftes Scherzelein mit dem Wein voller Notdurft bereits schon entfallen?

AGRIPPA:

(kichernd) Ach ja, ich entsinne mich. Aber dabei habe ich Euch doch nicht belogen; ich sagte Euch, dass es Wein ist, den Ihr trinken sollt. Und das stimmte auch. Lediglich schwieg ich über die besondere Beilage eures Kerkertrunkes. Niemals log ich Euch vollkommen an; allein ließ ich weg ein kleines Detail ... zu meiner, wie ich zugeben muss, persönlichen Belustigung. Euer Anfall von Verabscheuung war höchst amüsant, nicht nur für mich; die Wachen haben auch herzlich über euer kleines blümerantes Tänzchen gelacht. Ebenso hat es mich amüsiert, wie es gerade euer naiver Verstand und die aus ihm geformten Worte tun. Seid versichert, Ihr werdet mir schon noch glauben, keine Angst.

FRIEDRICH:

Ach, so seid doch still, und hört auf mich zu triezen. Ich sagte bereits, dass ich Euch dabei nicht traue, und dabei bleibt es. Eure Spötteleien ändern daran rein gar nichts; sie machen mich höchstens noch zorniger als ich es ohnehin schon bin. Seid froh, dass ihr so dick bewaffnet seid und ich Euch nicht schon an die Gurgel gegangen bin ...

AGRIPPA:

(spöttisch) Na, will es mir drohen? Will mir der
parfümierte Bückling mit gepuderter Perücke und
aalglatter Haut etwa Gewalt androhen? O, Ihr
amüsiert mich, ihr nichtsahnender Naivling. Doch
ich gebe Euch einen Rat: hebt Euch euren Zorn
besser für die Behandlung der Gefangenen auf ...
dort wird er mehr bewirken als wenn er nur in
Euch herumbrodelte wie Großmütterchens
Eintopf. Meinethalben könnt ihr gerne wütend auf
mich sein und herumgranteln wie Ihr lustig seid.
Es wird Euch nur nicht mehr bringen als einen
roten Kopf und ein angestrengtes
Bullenschnaufen. Und nun los, eilt Euch! Wir
haben noch zwei weitere Gefangene in der Zelle
sitzen, die unserer Zuwendung bedürfen! *(lacht
hämisch, greift Friedrich beim Arm und geht mit
ihm von der Bühne ab).*

-ENDE DES ZWEITEN AKTES -

DRITTER AKT

ERSTE SZENE

*Rechte Bühnenhälfte: Kerkerzelle der nunmehr noch zwei
Gefangenen. Linke Bühnenhälfte liegt im Dunkeln.*

Johann und August

JOHANN:

*(rüttelt und schüttelt an den von
Öffnungsversuchen zerkratzten Gittern)* Ein
Elendes ist diese Tür, gerüstet gegen jeden Grade
menschlichen Gewaltvermögens ... der Erbauer
dieser Zelle hatte es wohl im Sinn, hierin ganze
Bärenhorden festzuhalten. O, wie hoffnungslos
mein Mühen ...

AUGUST:

*(auf dem Boden kniend und leise betend, schaut
auf)* Habt Ihr es nun endlich begriffen? Es ist
genauso, wie ich es Euch geschildert habe. Nichts
weiter tun können wir beide hier als uns mit
unserem verdammten Schicksal abzufinden,
unsere letzten Momente in Ruhe zu verbringen
und uns in Reue zu üben, loslassend die abstrusen
Gedanken von Hoffnung wie Uneinsichtigkeit ...
es wird nur umso härter schmerzen, je mehr wir

uns dagegen wehren.

JOHANN:

(genervt) O bitte, verschont mich doch nun
endlich mit eurem Untergangsgeschwätz,
ennuyiert doch bitte diese kalte Wand dort drüben
anstelle meiner armen Wenigkeit. Die wird eurer
Meinung gegenüber bestimmt aufgeschlossener
sein als ich und diese Teufelstür aus härt'stem
Eisen ...

AUGUST:

Nun gut, dann frönt nur weiter der Vergeblichkeit.
(kehrt zum Beten zurück)

JOHANN:

(zum Publikum, im Fokus) O diese Ungewissheit
und diese beengende Gefangenschaft, sie bringen
noch um, ehe es diese zwei blutgetränkten
Folterknechte tun... und diese apathische
Gesellschaft ist dabei auch keine große Hilfe.
Sturer als ein Stein, und hoffnungsloser als ein
Patient im Seuchenhaus, vollkommene Einsamkeit
wäre bessere Gesellschaft. Doch Moment, was seh
ich dort? Der Gottesbückling trägt ein Kreuz in
seinen Händen, massiv metallisch, und so
wohlgeformt auch noch dazu! Diese kleinen
Schnörkel an den Seiten könnten flugs das
Schlösslein weiten und den Ausweg mir bereiten.
Entrissen aus den Händen des apathischen

95

Sermonisten wird es zu einem feinen Dietrich werden und die Tür im Fluge öffnen ... doch wie komme ich bloß an das Kreuz heran? Es zu stehlen wäre töricht; sitzen wir doch beide in einem viel zu schmalem Raum, er wüsste es schneller als ich greifen könnte ... doch würde er es mir freiwillig überlassen? Ich sollte es versuchen, nichts ist wichtiger als meine Flucht. *(manisch grinsend zum Publikum, flüsternd)* Und ist er nicht willig, wird die Gewalt von der Lösung zur Frage ... deren Antwort lautet "Ja!".

(zu August) Vielleicht könnt Ihr mir und Euch selbst doch noch mal von Nutzen sein, einen großen Teil zu unserer baldigen Freiheit leisten. Und selbst wenn Ihr diese Freiheit ablehnt und der Gefangenschaft die Füße küsst, so könnt ihr dennoch mir dazu verhelfen, ebenso meinen Willen durchzusetzen wie Ihr es mit dem eurem tut.

AUGUST:

(müde aufblickend) Was habt ihr im Sinn, zerschlissener Soldat? Soll ich ebenfalls wie eine tobsüchtige Katze an den Wänden kratzen? Mit meinen Nägeln den Rost von den Gitterstäben herabkratzen, damit die Zelle bei der Ankunft uns'rer Peiniger formidabel ausschaut? Oder euch mit aller Kraft durch die zerranzten Gitter drücken?

JOHANN:

> *(genervt)* Nein, keins von diesen Dingen ihr
> elender Zyniker. Ich hatte just einen Einfall zum
> Öffnen des Schlosses an unserer Tür ... das
> Christuskreuz in eurer Hand ist wohlgeformt und
> schön ... die Verzierungen daran machen es zu
> einem funktionalen wie notgeborenen Dietrich.
> Gebt es mir, und ich werde damit die Türe
> knacken wie alte Herren Hühner köpfen!

AUGUST:

> *(entrüstet)* Niemals verleihe ich dies heilige
> Objekt für solch ein profanes wie närrisches
> Unterfangen! Dieses Symbol steht für meinen
> Glauben, meine Liebe zu Christus .. ein Quell des
> Sorgenfalls und Schmerzenslinderung in diesem
> Vorhof zur Verdammnis. Ich werde es an meinem
> Hals behalten bis Momente zur Ewigkeit und
> Winde zu Flammen werden!

JOHANN:

> *(wütend)* Ihr mit eurer elenden Apathie. Gebt mir
> dieses Kreuz, und ich erette auch eure
> uneinsichtige Wenigkeit aus diesem nassen
> Kerker. Ansonsten werde ich es euch entreißen
> und allein die Flucht antreten.

AUGUST:

> *(ruhig)* Ihr Narren seid doch alle eins ... nichts

verstanden habt Ihr, trotz meiner geduldigen Erklärungen und der ganzen Welt um Euch herum. Sie haben Wilhelm bereits ins Fegefeuer hinabgeworfen, und werden sich bald auch unserer annehmen. Wir haben gesündigt; unsere Strafe ist zuerst die Ungewissheit, und danach die nagenden Flamnmen. Ich warne euch, aus guter Seele: tut Ihr mir ein Leid an, wird es euer eigenes Leiden nur noch verschlimmern. Die Chance zur Sünde vergeht nicht mit dem Tod. Übt Euch in Demut und seht eurem Schicksal akzeptierend entgegen ... oder lasst euch noch mehr verzehren als ihr es verdient hättet.

JOHANN:

(wütend) Ihr elender Wurm ... flüchtet Euch nur in Phantasie und Hirngespinst, und verrottet in eurem eignen Blut und Stuhl ... wenn Ihr mir partout keine Hilfe sein wollt, seid Ihr nichts Anderes als ein Hindernis für mich, das es aus dem Weg zu räumen gilt.

AUGUST:

(apathisch) Wir beide sind dem gleichen Untergang geweiht; nichts ist mehr ein Hindernis, wenn es in Bälde nur noch steil nach unten geht. Der Rauch der Hölle kriecht schon seit Stunden von dort herauf, direkt in unsere Seelen. Und wie ich sehe, hat Euch der Rauch bereits vollkommen eingenommen.

JOHANN:

> *(bedrohlich)* Was für eine Sinnesgabe, das Odeur
> der ewigen Verdamnnis erschnüffeln zu können ...
> sagt mir, Pfaffe, was ist der Geruch des
> Überlebens?

AUGUST:

> *(verwundert)* Ich ... weiß es nicht. Vielleicht die
> Luft der Freiheit und des Lebens?

JOHANN:

> *(kalt)* Nicht ganz. Es ist das Blut der
> Notwendigkeit. *(greift August kämpferisch und
> kreischend an)*
>
> *(Alle Lichter gehen aus)*

ZWEITE SZENE

Karger Korridor, in der Nähe der Zelle

Friedrich und Agrippa

FRIEDRICH:

(hält weiterhin seine Wange und grummelt vor sich hin)

AGRIPPA:

(schweigt, und beobachtet das Publikum für eine Weile eindringlich und finster grinsend)

FRIEDRICH:

Und nun, Agrippa? Was ist euer nächster Schritt in eurem Totentanz von Plan?

AGRIPPA:

(seufzend) Wie bereits erwähnt, ist es nicht mein Plan, sondern der des Barons. Auch wenn Ihr es mir nicht glauben wollt. Und unser nächster Schritt beginnt erneut mit der Abholung eines anderen Gefangen.

FRIEDRICH:

Und welchen holen wir als Nächstes? Und was habt Ihr mit ihm vor?

100

AGRIPPA:

> *(grinsend)* Etwas, wofür Ihr mich wieder so
> lieblich tadeln werdet wie vorhin. Eine gerechte
> Bestrafung für jemanden, dessen Seele tausend
> Kerben zieren. *(kichert)* Es geht dabei um den in
> schwarz gehüllten Greis, der stetig auf dem Boden
> sitzt und gen Himmel stiert, im Glauben daran,
> Gott werde seinem elenden Geiste Gnade
> schenken. O wie betörend diese Einfältigkeit ...
> und wie fabulös sein Niedergang. Ein Klassiker
> der Lebenslöschung, so viel ist sicher.

FRIEDRICH:

> Aha, der alte Greis also ... könnt Ihr mir auch
> verraten, weshalb er hier unten sitzt und eine eurer
> Bestrafungen verdient?

AGRIPPA:

> Das ist ganz einfach. Er ist nicht nur ein simpler
> Gläubiger, sondern ein ganz profesioneller
> Gottesdiener, ein Priester der heiligen
> Dreifaltigkeit. Jahrzehnte lang predigte er die
> Floskeln jüdischer Propheten und die Erzählungen
> antiker Heidenchristen, und belehrte das Volk
> über Gottesfurcht und Glaubenskraft. Ein großer
> Bewunderer des Königs ... er hat großen Respekt
> davor, wie jemand eine Nation wie unser Preußen
> schlussendlich siegreich durch die Kämpfe gegen
> Napoleon führen konnte. Seine Taschenuhr enthält
> ein Bild von seiner Majestät Friedrich Wilhelm

III. ... schließlich sieht die Kirche ihre Diener
ungern der Familie frönen. Wollt ihr sie mal
sehen? *(reicht Friedrich eine goldene Taschenuhr
mit Kette).*

FRIEDRICH:

*(mustert die Uhr aufmerksam, und gibt sie
Agrippa zurück)*

AGRIPPA:

Wie sein Aufenthalt unter unserer Aufsicht hier
bereits vermuten lässt, ist dieser Mann allerdings
kein Heiliger; oder besser gesagt, eine Schande für
sein Priesteramt, und den Glauben in Christus. Er
arbeitete lange Zeit in einem katholischen
Kinderheim, über dreißig Jahre lang, und frönte
triebberauscht dem Missbrauch hunderter Jungen
im Knabenalter. Die Keuschheitspflicht des
Zölibats hat ihm wohl Verstand wie Vernunft
abgeschnürt und diese kläglich ersticken lassen ...
sehr tragisch, solche Dinge. Abschaum aus dem
Bilderbuch ... wollt ihr tapferer Recke auch hier
für ihn in die Bresche springen?

FRIEDRICH:

(entrüstet) Nein, mitnichten, solche Taten sind,
allein vom Hören, schon sehr schwer zu ertragen,
und auch hier muss verdiente Strafe den
Schuldigen treffen. Bei dem anderen Gefangenen
verhielt es sich ebenso; ich hatte lediglich etwas

gegen den Charakter eurer Bestrafungen; ich hatte etwas gegen das massige, unschuldige Blut, dass Ihr dabei scheinbar allein zu eurem persönlichem Vergnügen vergossen habt.

AGRIPPA:

(selbstsicher) Nun Friedrich, seid versichert: bei der Bestrafung dieses Gefangenen wird außer uns zweien kein anderer Mensch zugegen sein. Diese Bestrafung wird einen ganz anderen Charakter haben als die letzte ... sie wird symbolischer sein, man könnte bald sagen, ästhetischer.

FRIEDRICH:

(spöttisch) Wenn Hinrichtungen für Euch Kunst darstellen, hat wahrlich der Wahnsinn in eurem Kopfe schon Wohnung bezogen.

AGRIPPA:

(schüttelt den Kopf und geht mit Friedrich von der Bühne ab)

DRITTE SZENE

Studierzimmer des Barons

Baron, Diener mit Violine und ein Sänger

BARON:

(sitzt nachdenklich in seinem Stuhl)

DIENER:

(spielt Mozarts "Vogelfänger")

SÄNGER:

Der Vogelfänger bin ich ja,
Stets lustig, heissa, hopsassa!
Ich Vogelfänger bin bekannt
Bei Alt und Jung im ganzen Land.
Ein Netz für Mädchin möchte ich,
Ich fing sie dutzendweis für mich!
Dann sperrte ich sie bei mir ein,
Und alle Mädchen wären mein.

BARON:

*(springt plötzlich auf und deutet den Musikern an,
mit dem Spielen aufzuhören).* Da ist er, der Faden,
den ich schon verloren glaubte! Schnell zur Feder,
schnell zum Papier! *(greift nach Tinte und Feder
und kramt das bereits beschriebene Papier aus*

seinem Schreibtisch)

Dabei greife ich auf Techniken zurück, die andere
Gelehrte als unorthodox bezeichnen würden.
Doch, so sage ich: Was ist schon ein Beweis,
wenn keiner vom Versuche weiß? Um logisch zu
forschen, ist es erforderlich, die Erkenntnisse nicht
allein aus dem Verstand, sondern ebenfalls und
noch viel mehr aus der Umwelt selbst herzuleiten,
Schließlich wird auch kein Romanleser durch die
Magie des Lesens zum standhaften Soldaten. Wie
die Humanisten der Rennaissance Leichen
sezierten, um über den Bau des menschlichen
Körpers zu lernen, arbeitete ich mit lebendigen
Probanden und erforschte die
Anpassungsfähigkeiten ihres Geistes, um über die
Natur des Menschengeschlechtes zu lernen. Die
Experimente eines klassischen Naturforschers.

Zu Beginn meiner Forschungen drehten sich diese
um bewusst-veränderten Verstand. Dabei
beobachtete ich Schauspieler, sprach mit ihnen
und experimentierte dahingehend, wie weit die
gespielte Rolle sowie deren Glaubwürdigkeit von
der tatsächlichen Persönlichkeit des Darstellers
abdriften konnte. Dabei kam ich zu dem Ergebnis,
dass eine wirkliche Glaubhaftigkeit der gespielten
Rolle erst dann entsteht, wenn sich der
Darbietende im Entferntesten damit identifizieren
kann. Beispielsweise vermochte es ein brennender
Verächter des Judentumes nicht, einen
überzeugenden Shylock in Shakespeares

Kaufmann darzustellen; es verschwamm lediglich zu einer grotesken Karikatur, selbst nach mehreren Hinweisen von mir. Ein badischer älterer Herr verweigerte sich mit den Worten "Keine Huldigung dem Feinde!" sogar dem Hineinschlüpfen in die Rolle Napoleon Bonapartes.

Der Grund für die Unfähigkeit des Verstandes dieser Menschen, sich in jedweder Rolle authentisch und glaubwürdig einzufinden, ist dementsprechend ihr Verstand selbst, oder besser gesagt: ihre Persönlichkeit. Und was ist die Grundlage jedweder Persönlichkeit? Erfahrung. Und wo werden Erfahrungen gelagert? Im Gedächtnis. Daher meine These: Ohne Gedächtnis kann eine Person jedwede Rolle annehmen, selbst, wenn sie gar kein Schauspieler ist. Wichtig ist nur, dass sie ihrer Rolle Glauben schenkt, und wirklich davon überzeugt ist, die Rolle zu sein. Sie überschreitet dabei den Rahmen des Spielens, eines bewusst-veränderten Verstandes, und tritt dabei über ins Reich des passiv-veränderten Verstandes. Dieser ist passiv, da er allein durch äußere Reize erzeugt wie geformt wird und dabei keine bewusste Anpassung wie beim Schauspiel stattfindet.

(hebt seinen Kopf von seinem Schreibtisch)
Wohlan Musikus, mehr Musik!

DIENER:

(beginnt erneut auf der Vioine zu spielen)

SÄNGER:

(singt die obige Strophe erneut)

VIERTE SZENE

Kerkerzelle der Gefangenen

Johann und August (bewusstlos und mit zerschundenem Gesicht), später Friedrich und Agrippa

JOHANN:

> *(sitzt zentral auf der Bühne, und schmiert seine blutigen Hände an seinem Gewand ab. Daraufhin hebt er vom Boden das zersplitterte Kreuz von August auf und wirft es zornig von der Bühne)*

> Mit Blut bezahlt und doch so nutzlos ... ich elender Narr!

> *(geht stampfend und sichtlich wütend umher und grummelt leise Flüche)*

> *(beruhigt sich, einsichtiger werdend)* So wie mein Blut im Zorne brennt, könnte man glatt glauben, ich sei tatsächlich wegen Mordes hier eingekerkert. So schnell wie mir der Kampf aus den Fäusten floss habe ich in meiner nebelhaften Vergangenheit womöglich damit mein Brot verdient. Vielleicht hatte dieser Phlegmakloß dort unten doch nicht so ganz unrecht ... vielleicht bin ich wirklich ein Sünder, die sich verzweifelt gegen die unausweichliche Strafe stellt. In Rage schimpfte ich ihn einen Narren, doch nun; wer ging durch Blut und steht trotzdem genauso wie

zuvor? Ein Dämlack mit zerschlissener Uniform, der nichtmal seinen Namen klaren Geistes benennen kann. Jemand, dem die Dämpfe der Hölle schon den ganzen Geist verfinstert haben.

(schaut zu August hinunter, dann auf seine Hände) Wahrlich, sollten dies nicht von Beginn an die Hände eines Mörders und Gewalttätigen gewesen sein, so sind sie nun befleckt und in Blut getränkt. Und sollten sie von Anfang an schon befleckt gewesen sein, so hat sich just nur meine wahre Natur gezeigt, die sich stürmisch durch die Amnesie peitscht und die Kontrolle übernimmt. *(schlägt sich selbst, impulsiv wütend)* Ach, was rede ich denn! Ich fange ja schon an, wie dieser alte Pfaffe dort zu spintisieren. Es ist mir egal, was ich war, gerade bin und hier noch werde, irgendwie werde ich noch einen Ausweg finden, und wenn ich dafür durch ganze Flüsse von Blut waten muss! *(reißt lautstark und erfolglos an den Gitterstäben herum)*

FRIEDRICH UND AGRIPPA:

(treten auf, vor der Zelle stehend)

AGRIPPA:

(betrachtet August) Oh, was haben wir denn hier?

JOHANN:

(weicht zurück) Gar nichts ... lediglich eine kleine

Auseinandersetzung

AGRIPPA:

> Aber natürlich. *(bedrohlich höflich)* Hättet Ihr
> vielleicht die Güte, mich über den Zustand seiner
> Lebendigkeit zu informieren? Meine Arbeit bedarf
> der Lebenden; mit Kadavern habe ich ohnehin
> schon viel zu viel zu tun.

JOHANN:

> Er dürfte bestimmt noch am Leben sein, so ein
> paar offene Wunden am Schädel bringen doch
> niemanden um ...

AGRIPPA:

> Hört auf, eure Worte in Möglichkeiten zu kleiden
> und sagt mir, wie es um ihn steht. Ansonsten
> erledige ich es selbst.

JOHANN

> *(zu sich selbst; zum Publikum)* Ja ja, so komm nur
> herein ...

> *(übertrieben künstlich)* Ich glaube nicht, dass ich
> dermaßen gut über die Lebenskraft dieses Mannes
> urteilen kann wie ein Mann eures Schlages, so
> kommt doch herein!

AGRIPPA:

>*(schelmisch grunzend)* Gut. Friedrich, bleibt hinter mir und blockiert die Tür. *(schließt die Tür auf und tritt ein)*

JOHANN:

>*(springt brüllend auf Agrippa los und versetzt ihm einen Haken)*

AGRIPPA:

>*(knackt mit seinem Nacken und visiert Johann fanatisch grinsend an)* Oh, will es tanzen? Gar kein Problem ... auch ich bin ein großer Verehrer des Baletts. Wie wäre es mit ein wenig französischem Barock? *(greift Johanns Hals mühelos und schlägt ihm mehrmals fest in die Magengrube)*

JOHANN:

>*(lautes Atmen, Keuchen)*

AGRIPPA:

>*(lässt immer mehr Schläge folgen)* Oder seid ihr doch eher ein Romantiker? Etwas Beethoven vielleicht? *(schlägt ihm dreimal schnell in den Magen, und noch einmal fest ins Gesicht)*

JOHANN:

(fällt keuchend zu Boden, mit blutiger Nase, und blickt grimmig zu Agrippa auf)

AGRIPPA:

(hämisch) Das war die Fünfte Sinfonie in C-Dur, zumindest derer erster Takt. Wollt ihr noch mehr davon oder lasst Ihr mich nun in Frieden?

JOHANN:

(rollt ächzend auf die Seite)

AGRIPPA:

Wie wundervoll. Dann schauen wir doch einmal ... *(überprüft Augusts Atmung)* Ja, er ist auf jeden Fall am Leben. Aber dieses blutgurgelnde Röcheln gefällt mir überhaupt nicht. Friedrich, kommt her! *(dreht August auf den Bauch)*

FRIEDRICH:

Ja, was soll ich denn tun?

AGRIPPA:

(grimmig) Ihr Puderwichser, mit anpacken natürlich! Alleine trage ich diesen alten Schänder nicht, unser Weg mit ihm wird kein Kurzer sein. Itzo los, packt Euch seine Füße! *(greift August unter die Achseln und hebt ihn an)*

FRIEDRICH:

> *(hebt August an den Füßen hoch)* Und wohin mit ihm?

AGRIPPA:

> *(dirigiert Friedrich, August aus der Zelle zu tragen)* Erstmal natürlich holen wir ihn aus dieser Zelle heraus. Und für den Rest überlasst ihr einfach mir die Führung. *(legt August unsanft ab und schließt die Zellentür ab)*

FRIEDRICH:

> Also muss ich nach wie vor die Klette in euren Haaren spielen?

AGRIPPA:

> *(lachend, trägt August mit Friedrich zum Bühnenrand)* Mein lieber Friedrich, falls Ihr es noch nicht bemerkt haben solltet: Ihr seid nichts Anderes als eine Klette in meinen Haaren, und nicht besser als die Läuse an meinem Hinterteil *(kräftiges hämisches Lachen, geht mit Friedrich von der Bühne ab)*

FÜNFTE SZENE

Lagerraum voller Folterwerkzeuge

Friedrich, Agrippa, bewusstloser August

FRIEDRICH UND AGRIPPA:

(tragen August, treten von links auf die Bühne auf)

FRIEDRICH:

(legt Augusts Füße auf dem Boden ab und streckt sich) Wieviel Masse doch noch in einem so eingefallenem Faltenbündel stecken kann ...

AGRIPPA:

(legt August ab) Ach, das ist noch gar nichts. Ihr Bückling seid nur das harte Arbeiten nicht gewohnt, vermögt es nicht, Dinge zu tragen, die schwerer sind als Teeservice und Federkiel. Seid doch froh, dass ich es Euch ermögliche, eure Ärmchen zu trainieren.

FRIEDRICH:

Lieber ein gepuderter Bückling als ein triefender Folterknecht. *(sieht sich um)* Was wollen wir hier?

114

AGRIPPA:

> *(kichernd)* Ihr solltet Euch nach diesen letzten
> Stunden einmal die Frage stellen, wieviel des
> triefenden Folterknechtes schon in den gepuderten
> Bückling eingeflossen ist. Auch an euren Händen
> klebt nun Blut mein Lieber. Aber genug davon,
> dieses Thema mit Euch zu diskutieren bin ich
> müde. Und was wir hier wollen? Das ist einer
> meiner wohlausgestatteten Lagerräume, bis zum
> Rande angefüllt mit Utensilien, die mir bei meiner
> Arbeit hilfreich sind. Für die Behandlung des alten
> Priesters benötigen wir einige Dinge von hier.
> Schaut Euch ruhig mal um.

FRIEDRICH:

> Dieses Inventar gefällt mir überhaupt nicht ... alles
> hier schreit nach Leiden und Pein.

AGRIPPA:

> Nun, das ist der Sinn dahinter. Das solltet ihr
> mittlerweile doch schon verstanden haben ... ich
> hab ein Rätsel für Euch, um euren Verstand
> vertrauter mit diesem Metier zu machen. Welche
> zwei Dinge glaubt Ihr benötigen wir zur
> Abrechung mit dem Gefangenen?

FRIEDRICH:

> *(schaut sich grübelnd um)* Ich habe keinen blassen
> Schimmer. Zum Großteil daher, das ich nicht

weiß, wie all diese Dinge funktionieren. Und ob ich das will ...

AGRIPPA:

(grunzendes Kichern) Nun denn, so lasst mich Euch herumführen. Dort hinten steht eine große Kiste voll mit kleineren Apparaten. *(kramt eine Daumenschraube hervor)* Kennt ihr das Gefühl, wenn ein verbrannter Finger Euch kleinlich schmerzlich den nächtlichen Schlafe raubt? Ein kleiner Schmerz hält den ganzen Körper in Wallung, und dies Prinzip macht sich auch diese kleine Dame hier zunutze. Ihr Name ist Daumschraube; sie vermag es, durch immer stärkeren Druck Finger zu zermalmen und aus einem ganz kleinen Körperteil viele Schmerzen empor zu beschwören. Davon habe ich sehr viele; die verlieren schnell an Griff und Wendigkeit. Daneben stehen einige imposante Klingenwaffen; im Volksmund nennt man sie Henkersbeile. Man schwingt sie, und trennt mit einem Mal ein großes Stück vom Menschen ab. Darunter steht ein Eimer, zum Auffangen der abgeschlagenen Teile. Direkt zu dessen Linken befindet sich eine sogenannte Judaswiege; der Gefangene wird dabei mehrmals von oben mit entblößtem Hinterteil auf die Spitze der Pyramide fallengelassen. Wie meine selige Schwester sagen würde: Ihm wird dabei der Arsch aufgerissen. Die zwei ranzigen Boote dahinter sind nicht mehr zu gebrauchen. Man schließt darin eigentlich einen Gefangenen

116

ein, mästet ihn, bis der ganze Raum mit Fäkalien gefüllt ist, und lässt ihn dann irgendwo in der Sonne liegen. Die kleinen Insekten erledigen dann den Rest. Ferner nutze ich oftmals dieses pompöse Gestell hier drüben, um Informationen aus Gefangenen herauszuzerren. Arme und Beine werden hier festgekettet, und mit jeder Rotation des Rades werden ihre Gliedmaßen gestreckt, immer weiter, immer lauter das Geschrei. Streckbank nennt man dieses Gerät. Außerdem haben wir zu eurer Rechten noch einen ganzen Haufen ...

FRIEDRICH:

Gut, es reicht, ich brauche keine Führung durch eure Folterwerkzeuge, und die Lösung eures Rätsels erschließt sich mir nicht. Sagt mir doch einfach, was wir brauchen, damit wir es erledigen können.

AGRIPPA:

(etwas grimmig) Hm, nun gut. Wir benötigen einmal den Eimer, und dazu noch das Henkersbeil. Ihr seid wohl kein Spieler, was?

FRIEDRICH:

(verwundert) Ihr wollt ihn also nur enthaupten? Im Gegensatz zum vorherigen Opfer scheint mir dies ein wahrlich milder Tod zu sein.

AGRIPPA:

> *(lachend, nimmt sich das Beil und den Eimer)*
> Greift Euch den Gefangenen unter den Schultern
> und zieht ihn hinter Euch her, ich trage unsere
> Geräte.

FRIEDRICH:

> *(greift August und zieht ihn von der Bühne)*

AGRIPPA:

> *(an Friedrich, bedrohlich lachend)* Mein lieber
> Friedrich ... Ihr solltet wahrlich besser meinen
> Worten lauschen. Wer hat denn je vom abruptem
> Tod dieses schlafenden Pfaffen gesprochen?
> *(Gelächter, geht von der Bühne ab)*

SECHSTE SZENE

Kerkerzelle der Gefangenen

Johann

JOHANN:

(richtet sich unter Schmerzen auf und nimmt auf einem der Betten Platz, atmet schwer und röchelt lautstark, hält sich den Bauch)

Was für eine Made ... meinen ganzen Magen hat er zerschunden, als hätte er einen stählernen Hammer in der Hand. Wie kann ein so kümmerlich anmutendes Wesen so eine Stärke an den Tag legen? Und wieso war ich nicht dazu in der Lage, dem etwas entgegenzusetzen? Nichts konnte ich, nicht einmal parieren! Nichts war ich als ein Sandsack, dem unaufhörlich Schmerzen eingeprügelt wurden ... und ich hatte noch so hochtrabende Gedanken von Flucht wie Überwältigung. Alles hinfort, ich habe mich wahrlich überschätzt. Und nun hocke ich hier, mit meinem Blut zwischen den Zähnen, einem beißenden Magen und starre nach wie vor auf diese verschlossene Tür. Verflucht soll sie doch sein, diese elende Gefangenschaft ... blutig schlug ich einen Greis, für nichts. In falscher Hoffnung stahl ich sein Kreuz, hoffte auf die Freiheit, doch fand dabei nichts Anderes als brennenden Zorn.

Nichts Anderes habe ich seit meinem jähem
Erwachen in diesen feuchten Kavernen gefühlt,
nichts hat mich stärker genährt als diese innere
Flamme ... doch nun, wie mir scheint, hat mir der
grässliche Kerkermeister diese Flamme durch den
Mund herausgeprügelt; denn nun fühle ich
keinerlei Zorn mehr. Und je mehr ich darüber
nachdenke, umso mehr wird es mir klar: die ganze
Zeit über war ich niemals wirklich zornig, oder
angespannt; ich hatte einfach nur Angst. Und um
ehrlich zu sprechen ... das habe ich noch immer,
wahrscheinlich mehr als je zuvor.

Ich will nichts weiter als einfach nur von hier fort,
heraus aus diesem Schreckensdunkel, zurück
dorthin wo das Licht vom Himmel und nicht von
den Wänden scheint. Ich will den Klang der
Freiheit hören, will den Geruch der Gräser
fühlen ... ich will wissen, wer ich wirklich bin und
mein Leben zurück. Die Luft in diesem Kerker ist
geschwängert von Ungewissheit, Hilflosigkeit und
es stinkt nach Verzweiflung; das ist es, was mich
mit jeder Minute mehr an den Rand des
Wahnsinns schiebt. Diese Ungewissheit über
mich, über diesen Ort, über die Anderen und was
noch passieren wird ... ein Schwarm von Ratten
zernagt meinen Verstand und lässt nichts zurück
außer Ungewissheit und Angst. Stumme Stimmen
singen von Hoffnungslosigkeit, meine Seele
schreit in Leidenszungen, und ich will einfach
nicht mehr, nicht mehr nicht mehr!

Sie haben Wilhelm getötet und tragen August bestimmt gerade durch seine letzte Stunde. *(weinerlich)* Oh August! Wie sehr wünschte ich mir doch jetzt seine Gesellschaft ... seine Worte waren stumpf und dumm, und ich habe ihn im Zornesrausch das Bewusstsein aus dem Körper geschlagen ... doch trotzdem hatte seine Gesellschaft etwas Beruhigendes an sich. Sein Phlegma nahm mir etwas von meiner Angst, und seine Anwesenheit wirkte der Einsamkeit entgegen. Was würde ich nur dafür geben, ihn jetzt wieder an meiner Seite zu wissen? Ein kleines Lichtlein in der Dunkelheit kann Wunder wirken ... doch nun sitze ich hier, in undurchdringlicher Dunkelheit, umringt von tausenden glimmenden Augen, die gierig auf mein Elend starren, und klage durch die leere Schwärze ...

(schreit einige Male weinend auf, bis er sich das Gesicht mit seinem Ärmel wischt, sich auf den Boden kniet und eine Gebetshaltung einnimmt)

Herr, hier knie ich voller Furcht

Ersuchend deine Liebe, deine Hilfe

Qualen umfangen mich, Tod umschließt mich

Mein Beten ist Flehen

Nimm diese Not von meinen Schultern

Lass der Pein ein Ende werden

Lass mich viel von deiner Güte kosten

Gib mir die Gerechtigkeit, die mir gebührt

Ich kann nicht bereuen, denn mein Geist ist leer

Habe Mitleid mit mir armer Seele

Und sollte ich hier wirklich sterben

So hebe mich zu dir empor, oder wirf mich nieder

Doch rette den Mann, der dir so treu gedient

Den ich mit Zornesfäusten schlug

Denn er verdient all dieses nicht

Herr, zu dir flehe ich, befreie mich

SIEBENTE SZENE

Waldstück außerhalb der Burg, ein Holzstumpf auf der linken Bühnenhälfte

--

Friedrich, Agrippa, August

FRIEDRICH:

(zieht August hinter sich her und legt ihn zentral auf der Bühne ab) Ihr glaubt gar nicht, wie wundervoll sich diese frische Luft hier anfühlt. Dieser Odem der Natur erweckt meine Lebensgeister wieder, die ich in der Stickigkeit eurer Verliese schon verloren dachte.

AGRIPPA:

Nun, sodann genießt die frische Luft, solange wir noch hier sind. Lange wird es nicht dauern, diesem alten Priester Gerechtigkeit widerfahren zu lassen.

FRIEDRICH:

Wenn Ihr das sagt.

AGRIPPA:

Ganz genau. Hier, macht Euch nützlich, und flößt dem Eimer etwas Kälte ein; füllt ihn an dem kleinen Teich dort drüben auf; denn ich glaube, allein mit lieben Worten werden wir den Gefangenen nicht aus seinem Schlummer erwecken können. Da wirkt die Kälte frischen Wassers belebender als so mancher heißer Kaffee ... dem Wasser fehlt nur die Gemütlichkeit, doch das ist ganz in unserem Sinne.

FRIEDRICH:

Benötigen wir allein dazu diesen Eimer? Für einen kalten Schauer des Erwachens?

AGRIPPA:

(lachend) Wenn Ihr es vermögt, könnt Ihr ihn euch auch einfach packen, fest am Schopfe greifen und einmal tief ins trübe Wasser tauchen. Bloß nicht zu lange, ansonsten sitrbt er uns ohne Luft davon.

FRIEDRICH:

(ablehnend) Nein, wahrlich steht mir danach nicht der Sinn. Ich habe dieses Häufchen Elend von eurer Lagerhalle bis in diesen Wald gezerrt, und bin nicht willens, noch mehr meiner Kraft zu opfern, sofern es nicht zwingend nötig ist. All diese Treppen, der gewundene Horror ... und selbstredend konnten wir nicht den regulären Weg des Schlosses gehen, sondern mussten uns durch unzählige verworrene geheime Gänge hangeln, aus deren Wänden uns schon alte Baumeswurzeln entgegenlächelten, die dort schon länger ihr

Dasein fristen als ich das meine auf der Erde.

AGRIPPA:

(spöttisch) Nun gut, dann eben nicht. Dann macht
es halt mit dem Eimer, wenn eure hohlen
Ärmchen nichts Besseres vermögen.

FRIEDRICH:

(genervt) Mockiert Euch nur ruhig weiter über
mich; mittlerweile ist es mir wirklich nicht mehr
wichtig, aus welchem Stoff ihr euer Gelächter
formt. Dass Ihr krank seid, habe ich schließlich
schon längst begriffen und schere mich nicht mehr
darum. Lediglich zur Erfüllung meiner Pflichten
verweile ich noch zu eurer Assistenz.

AGRIPPA:

(sarkastisch) Ach wie schade ... und ich hatte eure
Gesellschaft schon so in mein Herz geschlossen.

FRIEDRICH:

(winkt genervt ab, und geht nach rechts von der
Bühne ab)

AGRIPPA:

(wendet sich dem bewusstlosen August zu) Gleich,
Priester, gleich beginnt eure letzte Reise. Keine
Reise in die noblen Etablissements von Paris, oder
die ruhigen Wälder des Ostens ... nein. Ihr tretet

125

sogleich die Marterreise an, die man so simpel Agonie getauft, dem Todeskampf seinen Namen gegeben hat. Kein rapider Klingenstoß wird eure dreckige Existenz von dieser Erde tilgen, kein stumpfer Keulenstoß wird eure Seele in den ewigen Schlummer geleiten ... ihr werdet dem Tod mit Verzweiflung in die Augen sehen, und um seine Umarmung wie ein stinkender Bettler flehen. Doch er, oh er, er wird sich eurer erst dann annehmen, wenn er eure Taten als gesühnt erkennt. Soviel Zeit mein Lieber, so viel Zeit ... seid nur froh, dass eure Ohren mich nicht hören. Doch seid versichert; eure Seele kann es; bereits jetzt wurde sie vollends von Angst und Furcht durchstoßen ...

FRIEDRICH:

(kehrt mit einem vollen Eimer Wasser auf die Bühne zurück und stellt ihn neben August ab) Was erzählt Ihr diesem schäbigen Verbrecher? Eine letzte Fabel für einen seligen Schlummer?

AGRIPPA:

(schmunzelnd) Nur die Einleitung für seinen letzten Sermon. Die letzte Predigt, die er jemals vernehmen wird; doch ohne Worte seines Herren, ohne Träume von ewiger Glückseligkeit ... nur einige bescheidene Weisheiten von meiner Wenigkeit.

126

FRIEDRICH:

Ein Priester des Todes also? Spiel Euch nicht so
auf, und lasst es uns beenden.

AGRIPPA:

(grimmig) Haltet eure dreckige Zunge hinter euren
zerfressenen Zähnen, und tut gefälligst etwas mit
Sinn und Verstand. Hier, verbindet ihm die Augen
*(drückt Friedrich eine lange dunkle Stoffbinde in
die Hand)*

FRIEDRICH:

Nun gut, wenn Ihr meint. Ich denke zwar nicht,
dass ihn eine simple Augenbinde an der Flucht
hindern wird, aber ...

AGRIPPA:

(bedrohlich) Ich finde euren Mangel an Vertrauen
äußerst beklagenswert. Hütet Euch, und bedenkt,
zu wem Ihr hier sprecht, Bückling. Glaubt mir und
meinen Plänen, und habt Vertrauen in meine
Expertise; ich weiß wesentlich mehr als Ihr, und
noch erheblich mehr als Ihr mir zutraut.

FRIEDRICH:

Verzeigt mir, dass ich gegenüber einem
leidenssüchtigen Folterknecht kein Vertrauen
habe, und noch weniger Glauben in ihn setze,
excusez-moi. *(verbindet August die Augen)*

127

AGRIPPA:

> *(schelmisch finster)* Ihr werdet schon bald an alles glauben, noch mehr als an unseren Herrn im Himmel. Doch jetzt genug davon; helft unserem Freund dabei, die blissvolle Welt der Träume zu verlassen.

FRIEDRICH:

> *(nimmt sich den vollen Wassereimer und gießt ihn August ins Gesicht)*

AUGUST:

> *(heftiges Zucken, erschrecktes Umschauen)*
> Was ... was ... wo ... *(spuckt um sich)*

AGRIPPA:

> *(mit aufgesetzter tiefer, sanfter Stimme, ganz im Kontrast zu seiner richtigen)* Seid gegrüßt August Rippak. Priester unseres heiligen dreieinigen Gottes, Verbreiter der frohen Botschaft Jesu Christi, seid willkommen. Lasst die Dunkelheit Euch nicht ängstigen; sie ist nur Ausdruck der Dunkelheit, die Ihr durch euren Tod beschritten habt; bleibt ruhig, und lasst euch vom Willen des Herren durchdringen. *(fasst August sanft an und legt ihn auf den Bauch, seine Arme weit nach vorne streckend)*

AUGUST:

> *(demütig)* Herr, ich bin dein, und war es immer.
> Ich glaubte dich verloren zu haben, und glaubte
> daran, bereits im Vorhof der Hölle auf meine
> Bestrafung zu warten ... doch nun ...

AGRIPPA:

> Still, denn nichts davon ist nunmehr von
> Bedeutung. Ihr wandelt gerade den Pfad der
> Gerechtigkeit, und alles wird sich bald für Euch
> verändern. Lauscht nicht dem pfeifenden Wind
> und dem raschelnden Gras, fühlt nicht den Tau an
> euren Fingern ... es wird gleich vorüber sein ...
> *(greift sich das Henkersbeil)* und sogleich neu
> beginnen ...

AUGUST:

> *(glücklich)* Herr, ich ergebe mich deiner
> Vergebung und Allmächtigkeit. Zeig mir den Weg
> für mich!

AGRIPPA:

> Nur Geduld mein Kind. *(holt aus)* Itzo verschaffe
> ich eurer Seele Gerechtigkeit. *(lässt die Klinge
> hinuntersausen und schlägt August den Großteil
> seiner beiden Arme ab)*

FRIEDRICH:

> *(weicht erschrocken zurück und wendet angeekelt*

seinen Blick ab)

AUGUST:

(erschrocken, ringt erstarrt nach Luft, flüsternd)
Herr ... Herr?

AGRIPPA:

*(reißt August die Augenbinde herunter und schaut
ihm direkt in die Augen)* Groß wird eure
Belohnung im Paradies sein, alter Mann!
(schallendes Gelächter)

AUGUST:

*(vom Schock erstarrt; versucht zu schreien, doch
bringt keinen Ton heraus)*

AGRIPPA:

(gehässig) Ihr studiertet Gott euer Leben lang,
kennt die Bibel besser als euch selbst, und doch
vermochte es ich, ein bescheidener Kerkermeister,
mich zu eurem Herren aufzuschwingen und eure
Demut einzufangen. Ihr seid ein törichter Mann
August, ein Narr ... wiewohl ich auch zugegeben
muss, Gefallen an der Rolle Gottes gefunden zu
haben. Eure Sünden sind zahlreich, und doch ...
bestrafe ich Euch nicht mit dem Tod. Das wäre
viel zu einfach.

Oh nein, Ihr mein Lieber, werdet eure letzten
Stunden in Agonie verbringen, in ständiger

Verzweiflung und absoluter Hilflosigkeit. Eure
Arme sind nun hinfort, doch hat sich an eurem
Wesen nichts verändert; ihr habt Euch in die
Apathie verliebt, die Euch der Felsen eures
Glaubens gibt. Ihr tut nichts außer Euch vor dem
Himmel niederzuwerfen, und in allem auf Gott zu
vertrauen. Ihr kennt keine Furcht, denn in eurem
Herzen tragt ihr Christus. Ihr fürchtet weder Tod
noch Teufel, denn Ihr kennt ihre Gesichter.
Vielleicht macht Euch dieses Wissen weise.

Doch hier, am Abgrund eurer Existenz, wird euch
nichts davon retten, und Ihr werdet als röchelndes
Leichentuch dahinsiechen; ihr werdet als das
sterben, was Ihr schon euer ganzes Leben wart,
doch erst jetzt wird es Euch wahrlich bewusst
werden. Ihr werdet handlungsunfähig den
Todeskampf erdulden müssen ... und glaubt mir,
der Schmerz und das Leid werden Euch die Kraft
zum Beten rauben. Ihr werdet euer ganzes Wesen
verfluchen und in Minuten verabscheuen lernen;
euer letzter Gedanke wird ein hilfloses Flehen an
den Tod sein, Euch doch endlich zu erlösen.

Eure Strafe ist nicht der Tod. Eure Strafe besteht
in der Erkenntnis eures Unwesens, der Zerstörung
der steinernen Mauern, die eure Seele zu
beschützen suchen. Denn der bloße Tod wäre zu
milde für einen Schandtäter wie Euch.

*(nimmt Friedrich am Arm und geht mit ihm von
der Bühne ab)*

AUGUST:

*(hilflose Blicke auf zerschundenen Körper,
Ausdrücke innigster Verzweiflung)*

*(nach einiger Zeit wendet er den Kopf zum
Himmel, und stößt einen verzweifelten Schrei aus)*

*(Lichter gehen ruckartig aus, August ist kurz noch
zu hören)*

- ENDE DES DRITTEN AKTES -

ERSTE SZENE

Studierzimmer des Barons

Baron, Musikanten, Hermann, Antonia

(Licht ist noch aus)

MUSIKANTEN:

(spielen Mozarts "Rondo Alla Turca" auf zwei Violinen)

(Lichter gehen nach und nach wieder an)

BARON:

(sitzt an seinem Schreibtisch und ist über einige Zettel vertieft)

Nun werden wohl die feinen Herren, wohlgeschult in Gottesfurcht und Ethikfragen, nach der Antwort darauf dursten, inwiefern solches Wissen nützlich ist; welchem Sinn es folgt, einen Menschen vollkommener Fremdbestimmung zu unterwerfen, derer er sich selbst nicht bewusst ist. Um darauf zu antworten, bedarf es Mut, denn nicht jeder ist Mann genug um zuzugeben, welcherlei Absichten man damit verfolgen könnte. Ich persönlich denke dabei an Marionettenspielereien im Sinne des Macchiavellismus. Machen wir Könige zu unseren Sklaven, machen wir die Welt zu unserer Welt. Frei von Krieg und Blutvergießen würden wir fortan für unsere Interessen kämpfen ... kein preußischer König muss jemals alle deutschen Lande erobern, wenn sie sich ihm alle unterordnen. Kein Soldat muss im Kriege sein liebes Leben lassen ... französische Kaiser werden unsere blanken Sohlen küssen, und liebreizende Mädel unsere Arme füllen. Hinfortgeküsst die Prüderie, ohne jemals Lippe auf Lippe legen zu müssen ... ach wie mächtig jener, der den Verstand so gut studiert wie ich. Meine Werkzeuge sind unsichtbar, doch verändern sie Verstand wie Seele einem Künstler gleich, der mit Hammer und Meißel aus Marmor Leben schlägt. Bewusst, einem Plan folgend, stets das Rechte nur im Sinn ... eine neue Ära der Diplomatie und Machtpolitik. Nicht der Heilige Gral der Königskunst, doch an Macht nicht zu unterschätzen. Ferner gilt zu bedenken, dass diese ...

HERMANN:

(stolpert tapsig auf die Bühne und unterbricht jäh den Baron) Hochwohlgeboren, mein Herr ... jemand ersucht Eure Audienz.

BARON:

(blickt grimmig auf) Wer will mich in meiner

134

Arbeit stören? Ihr wisst doch wohl, dass ich um
diese Zeit mit meinen Forschungen beschäftigt bin
... wer kann denn so wichtig sein, mich hierbei
unterbrechen zu wollen?

HERMANN:

Welchen Ranges Euer Besucher ist, kann ich nicht
vom Gesichte ablesen. Es handelt handelt es sich
um eine hochgewachsene Frau mit wallendem
flammenden Haar, kunstvoll gebunden, mit tiefen
Augen und einem glänzenden Kleid aus
tiefviolettem Stoff, weinrote Stickereien überall ...
es wirkte äußerst kostbar.

BARON:

*(Grimmigkeit weicht aus seinem Gesicht, steht auf
und stellt sich zum Diener)*

HERMANN:

Sie sprach mit einem interessanten Akzent ... es
könnte Spanisch sein. Eine Stimme klar wie die
Wellen, und so tief wie die See.

BARON:

So nennt mir ihren Namen! Von ihrem Exterieur
werde ich mich schon noch selbst überzeugen
können!

135

HERMANN:

Sehr wohl Hochwohlgeboren. Sie stellte sich vor
als Señora Antonia Leonor Álvarez de Saberón, in
einem sehr flüssigen Deutsch, und wartet
momentan in der Eingangshalle. Soll ich nach Ihr
schicken lassen?

BARON:

(überrascht) Nach ihr schicken lassen? Lauft und
holt sie her, so schnell Euch eure Beine tragen
können. Schickt daraufhin nach dem besten Wein
aus meinem Keller, und bringt davon einige
Flaschen in meine Privatgemächer. Gebt der
Küche darüber Bescheid, heute für eine
zusätzliche Person kochen zu müssen, und weist
sie an, so zu kochen, als käme der König
persönlich zu Speis und Trank vorbei. So eilt
Euch, eilt Euch!

HERMANN:

Sehr wohl Hochwohlgeboren. *(geht laufend von
der Bühne ab)*

BARON:

*(lehnt sich aufgeregt an seinen Schreibtisch und
gibt den Musikanten ein Zeichen)*

MUSIKANTEN:

(stoppen abrupt in ihrem Spiel. Einer setzt sich an

136

das Piano, der andere verbleibt mit der Violine.
Beginnen damit, Beethovens "Mondscheinsonate"
zu spielen)

ANTONIA:

(tritt nach einiger Zeit ein und schmiegt sich,
bevor sie Anstalten macht, den Baron zu
begrüßen, mit geschlossenen Augen der Musik an)

BARON:

(nähert sich an) Du kommst unerwartet, doch
nicht unwillkommen. Herzlich willkommen in
meiner bescheidenen Residenz *(küsst ihre Hand)*
Was verschafft mir die Ehre deiner Anwesenheit?
Erst vor einigen Stunden habe ich einen Brief an
dich aufgesetzt, in dem ich mich nach deiner
Gesellschaft verzehre ...

ANTONIA:

(schmiegt sich weiterhin der Musik an, öffnet die
Augen nur leicht) Du kennst mich, Randolf. Ich
weiß vieles schon vorher als die Meisten, und
setze mich daher schon früher in Bewegung. Ich
spüre die Zukunft, und reise bereits in der
Vergangenheit, um stets zur rechten Zeit am
rechten Ort zu sein. Das hast du doch nicht
vergessen, oder? Zumindest meine Liebe für
Beethoven hast du nicht vergessen ... einen
schöneren Klang als diesen wird wahrlich kaum
jemand Anderes mehr erzeugen können.

BARON:

Damit magst du wohl Recht haben. Doch
beantwortet dies nicht meine Frage nach dem
Grund deines Erscheinens ... oder hast du euch
einfach nur so sehr nach meiner Gegenwart
verzehrt?

ANTONIA:

(kichernd, die Augen vollkommen öffnend) Etwas
von allem, etwas von allem, mein Liebster. Ich
kam für die Schönheit deiner Festung, die Ruhe
dieser Wälder ... und natürlich auch die
Zärtlichkeit deiner Worte und Hände. *(küsst ihn
inbrünstig)* Doch ebenso komme ich aus Gründen,
die meinem Innersten entsprungen sind.
(aufgeregt) Visionen, mein Liebster, Visionen!
Und ich weiß, dass auch du sie hattest!

BARON:

(überrascht) Ja, tatsächlich hatte auch ich einige
Visionen, ich schrieb davon in meinem Brief an
dich ... was meinst du: Sollen wir dies bei einem
kleinen Spaziergang durch meine Gärten näher
erörtern? Für unser leibliches Wohl wird bereits
gesorgt, und Karaffen voll Wein gedeihen
zwischen Blumen und Bäumen am besten. Wollen
wir sie etwa unnötig warten lassen? *(hält ihr seine
Hand hin)*

ANTONIA:

Ein verlockendes Angebot ... etwas Anderes hätte
ich von dir allerdings auch nicht erwartet. Nun
denn, gehen wir, mein lieber Freund. Sprechen wir
etwas ... für Bauchtänzeleien haben wir noch
später reichlich Zeit ... *(nimmt seine Hand und
geht gemeinsam mit ihm von der Bühne ab)*

ZWEITE SZENE

Kerkerzelle der Gefangenen

Johann, August und Wilhelm (Stimme)

JOHANN:

(kauert auf den Boden herum, und wirft verzweifelte Blicke durch die Luft)

(jammernd) Die Dunkelheit um mich herum, die mich vorher noch mit Wut und Fluchtesdrang erfüllte, lässt nun nichts Anderes als Furcht und Elend in mein armes Herz hinein. Was für ein Narr ich war ... ich lernte nicht aus den Worten eines Lahmen, und schlug aus Zorn einen Diener Gottes nieder, weil er mir die Wahrheit brachte; ich lästerte über seine Ideale, seine Einstellungen, und nun sitze ich hier, im Vorhof zur Hölle, und habe flehend dem Herrgott mein Leid geklagt. Die Erkenntnis führte mich zu dem, was ich vorher ächtlich verschmäht, doch nichts veränderte sich an meiner Lage. Ob Gott mich wohl verlassen hat? Jene, die ihm zuwider handeln, haben nichts als seine Rache zu erwarten, für sie ist seine Gnade längst verglüht. O Heiligkeit, ich bin wahrlich verloren.

AUGUST:

(hinter der Bühne, nur die Stimme ist zu hören)

Wahrlich, das seid Ihr. Ihr verschmähtet meine Worte, und schlugt mich für meine Botschaft, tratet meine Weisheit mit Füßen …

JOHANN:

(überrascht) August? Seid Ihr das? Ja, ich habe Euch mit Zornesklauen gezeichnet, und nun erst bemerke ich, in welche Abgründe es mich hinabgestoßen hat.

AUGUST:

Damit habt Ihr recht. Eure Narretei hat Euch zu dem gemacht, zu diesem elendigen Häufchen, das gerade kauernd vor mir liegt. Ihr wart zu stolz dazu, euer Schicksal zu akzeptieren … und doch erwartet es Euch, unablässig, unverändert.

JOHANN:

(verzweifelt) Es war die Angst … die Angst hat mich zu solcher Schandtat hingetrieben. Meine Reue ist unendlich, ich war nichts als ein Sklave meiner Triebe … nichts als ein Spielball dieser erdrückenden Dunkelheit.

AUGUST:

Das mag wohl stimmen. Doch sollte das eure einzige Entschuldigung sein, so habt Ihr nichts gelernt. Niemand außer Gott kann Euch nun noch vergeben … doch diese Chance habt Ihr schon vertan, bevor Ihr jemals diese kargen Mauern

141

betreten habt. Eure Amnesie entschuldigt nichts von euren Taten, und Ihr wart von Anfang an verdammt. Ebenso wie ich, und ebenso wie Wilhelm. Ihr beiden wart zu blind, jenes zu erkennen … und die Furcht, die Ihr fühlt, ist nichts als ein Ergebnis dieser Entwicklung.

WILHELM:

(hinter der Bühne, nur die Stimme ist zu hören) So hört bloß nicht auf ihn, er selbst ist nichts als ein Sklave seines Glaubens, seiner beschränkten Wahrnehmung. Ich wusste die ganze Zeit über, dass ich nicht für das verantwortlich bin, was mir von diesen Folterknechten vorgeworfen wurde, und bis zum Ende habe ich nicht daran. Ihr seid nichts als ein opportunistischer Feigling, der seine Stimmung je nach Lage verändert, ohne aktiv etwas schaffen zu wollen. Und trotz meiner lahmen Beine stehe ich nach wie vor aufrechter als Ihr.

JOHANN:

(weinerlich) Nein, dass bin ich nicht. Ich war es doch, der zuerst an Flucht und Ausbruch dachte. Die Gründe meines Aufenthaltes waren mir völlig egal, ich wollte nur fort, und habe mich tunlichst darum bemüht, diesem nachzukommen.

WILHELM:

Und dann seid ihr kläglich eingeknickt. Kaum

wart Ihr allein in dieser Dunkelheit hat eure Furcht übernommen, und Euch dazu verleitet, Euch an das Einzige zu klammern, was Euch noch im Gedächtnis blieb; die Worte eines beschränkten Gottesdieners. Ihr habt euren Geist der Furcht geopfert und weint nun wie ein kleines Kind, tränenvoll den Tod erwartend. Und ich glaubte in Euch unseren Befreier zu sehen … Ihr seid wohl auch nichts Anderes als ein Feigling.

AUGUST:

Nein, kein Feigling ist er. Er war nur blind, und sah das Licht der Erleuchtung erst, als es bereits viel zu spät für ihn war. Diese furchttriefende Dunkelheit, die Verzweiflung, die sich in Johanns Geist ausgebreitet hat, ist die erste Konsequenz seines falschen Handelns. Die Verdammten sollten nicht nach Gnade fragen; höchstens erhöht sich ihre Qual.

JOHANN:

(verzweifelt, schreiend) Doch was soll ich tun? Ich höre schon geisterhafte Stimmen von Männern, aller Wahrscheinlichkeit schon tot, die sich schmähend über mich ergehen und mein Schicksal nur noch schlimmer machen. Was soll ich tun, was, was, was, was? Sagt es mir!

AUGUST:

Euer Schicksal habt Ihr selbst bereits besiegelt,

143

und außer der Akzeptanz eurer Verdammnis gibt es nichts, dass Ihr noch tun könnt.

WILHELM:

Euer Geist ist gebrochen; damit ist nichts mehr anzufangen. Kein Tränensack kann aus einem Gefängnis wie diesem entfliehen. Niemand kann, der den todessüchtigen Philosophien eines senilen Priesters wehmütig nachträumt. Ihr seid todgeweiht, und habt Euch selbst in eine unausweichliche Situation gebracht. Nach eurem Erwachen in diesen Kavernen habt Ihr es nicht fertiggebracht, euren Geist aufrecht zu erhalten, und wurdet nun von eurer eigenen Unfähigkeit erdrückt. Es gibt keine Erlösung für Euch.

AUGUST UND WILHELM:

(im Chor) Die Verdammnis erwartet Euch. Die Verdammnis erwartet Euch. Die Verdammnis erwartet Euch. Die Verdammnis erwartet Euch. Die Verdammnis erwartet Euch. Die Verdammnis erwartet Euch. Die Verdammnis erwartet Euch. Die Verdammnis erwartet Euch. Die Verdammnis erwartet Euch. Die Verdammnis erwartet Euch. Die Verdammnis erwartet Euch. Die Verdammnis erwartet Euch.

JOHANN:

(kreischend, hält sich die Ohren zu) So hört auf, hört doch auf!

AUGUST UND WILHELM:

> *(im Chor)* Die Verdammnis erwartet Euch. Die
> Verdammnis erwartet Euch. Die Verdammnis
> erwartet Euch. Die Verdammnis erwartet Euch.
> Die Verdammnis erwartet Euch. Die Verdammnis
> erwartet Euch. Die Verdammnis erwartet Euch.
> Die Verdammnis erwartet Euch. Die Verdammnis
> erwartet Euch. Die Verdammnis erwartet Euch.
> Die Verdammnis erwartet Euch. Die Verdammnis
> erwartet Euch.

JOHANN:

> Ich bin schuldig, ich bin schuldig, ich bin
> schuldig!
>
> *(vergebliches krächziges Schreien, Schluchzen bis
> die Stimmen von August und Wilhelm
> verstummen. Daraufhin folgt leises Gewimmer)*

DRITTE SZENE

Karger Korridor in der Nähe der Zelle

Friedrich und Agrippa

FRIEDRICH:

Glücklich blicke ich der nahen Zukunft entgegen
… denn schon bald hat mein Dienst in dieser
Finsternis ein Ende. Nach der Abfertigung des
letzten Gefangenen kann ich endlich wieder zu
einem stilvollen Dienste zurückkehren.

AGRIPPA:

(Lachen) Ihr seid ein seltsamer Vogel Friedrich.
Dass Ihr euch so nach dem Springen, Singen und
Stiefellackverschlingen sehnt … aber gut,
Bücklinge sind wohl auch nur zum Bücken gut.
Um Euch wieder auf eure alten Pflichten
einzustimmen, könntet Ihr ja die Zelle der
Gefangenen so lange säubern, bis ich Sauce von
den Steinen lecken kann.

FRIEDRICH:

Solange ich zum Säubern eure Zunge nutzen kann
… die ist sowieso schon vollkommen verdreckt
und schmutzig.

AGRIPPA:

Das ist wohl wahr … doch immerhin hat sie nicht
vom schwarzbraunen Nektar der Kerkerbienen
hier getrunken, so wie Ihr. *(Gelächter)*

FRIEDRICH

Lacht nur wie Ihr wollt, ihr ekelhafter
Menschenquäler, und erzählt mir lieber davon,
wie wir nun fortfahren sollen. Johann Werlher ist
der Letzte, richtig? Aus welchem Grund ist er
hier? Und was habt Ihr mit ihm vor? Wollt Ihr ihn
durch die Hand anderer das Leben entreißen oder
wieder große Reden bei stählernem Beile
schwingen? Oder verbleibt es diesmal vielleicht
bei einem einfachen Schwertstreich mitten ins
Herz?

AGRIPPA:

Nun, werter Friedrich, dieser Johann Werlher trägt
nicht grundlos das Königsblau der preußischen
Armee. Kein einfacher Bürger trägt diesen roten
Kragen, und kein Bürger zieren die güldenen
Epauletten unserer Preußenkämpfer. Doch auch
trägt kein Soldat solch eine zerschlissene
Uniform; er müsste doch glatt fürchten, von
seinem Feldwebel geprügelt zu werden, für solch
eine Fahrlässigkeit. Was schließt Ihr daraus,
Friedrich?

FRIEDRICH:

Augenscheinlich handelt es sich wohl um einen
Deserteur der Armee, oder einen Kasernendieb …
oder einen Soldatenmörder.

AGRIPPA:

Ganz richtig, Ihr habt doch noch etwas Verstand,
der nicht beim Bücken herausgelaufen ist. Der
Gefangene Werlher ist eine Art Konglomerat aus
euren drei Vermutungen. Er verpflichtete sich vor
einigen Jahren für die Armee seiner Majestät, und
ging dabei still wie heimlich Sabotage und
Diebstahl nach. Er verkaufte das Pulver unserer
Soldaten an zwielichtige Händler aus den
Königreichen Sachsen und Hannover, stahl die
Uniformen für die neuesten Rekruten, und
versilberte die Säbel hochrangiger Offiziere mit
tückischem Handel … er verkaufte sogar an die
Franzosen, diese elenden Hunde! Als wäre die
Schmach, die wir durch Napoleon erlitten, nicht
genug für ihn. Die Demütigung unseres heiligen
Preußenlandes im Austausch für ein paar lausige
Münzen. Doch das Schlimmste kommt erst noch.

FRIEDRICH:

(gespannt) Was tat er, was hat dieser Verräter
noch getan? Erzählt es mir, schnell!

AGRIPPA:

> Vor einigen Monaten flogen seine schmutzigen
> Machenschaften auf; er wurde beim Diebstahl von
> einem Kameraden ertappt, der daraufhin einem
> anwesenden Leutnant Bericht erstattete. Erzürnt
> über Werlhers Ehrlosigkeit und Verrat raste mit
> zwei Searganten zu ihm, um ihn für seine
> Verbrechen zu bestrafen. Doch der Zorn hatte die
> Wahrnehmung des Leutnants getrübt, ein Tropfen
> Milch in klarem Wasser, und ehe er auch nur den
> Säbel zücken könnte, hatte der Tod bereits seine
> arme Seele umarmt und mit sich genommen.
> Werlhers Klinge hatte sein Herz durchstoßen, und
> binnen Sekunden waren auch die Hälse der zwei
> Searganten durchtrennt und ergossen sich auf den
> kalten Boden. Die Kompanie besiegte ihn erst mit
> einer Manneskraft von über zehn, und schlossen
> ihn daraufhin in einem Karren ein, der ihn schnell
> in unsere gerechten Hände fuhr und uns mit der
> Vergeltung beauftragte. Und, Friedrich, was
> glaubt Ihr, ist die Vergeltung für dreifachen Mord
> und jahrelangen systematischen Diebstahl?

FRIEDRICH:

> Ich … weiß es nicht. Ich wollte fast sagen "Der
> Tod!", doch mittlerweile kenne ich Euch, und
> weiß, dass dieser für Euch noch eine milde Strafe
> ist. Euer Verstand gebärt weitaus grässlichere
> Bestrafungen für jene, die in euren Mauern hausen
> … mir fehlt dieser Leidenstrieb, und mir fällt

daher keine Strafe in eurem Sinne ein.

AGRIPPA:

Glaubt doch nicht immer, dass Ihr so viel besser
seid als ich. Schließlich dienen wir dem selben
Herren, oder etwa nicht? *(finsteres Gelächter)*

FRIEDRICH:

(verwundert, doch gibt keine Antwort)

AGRIPPA:

Aber wenn Ihr noch immer an dieser Ansicht
festhalten wollt, könnt Ihr das meinethalben gerne
tun. Allerdings erzähle ich Euch dann auch nicht
vorher von meinen Plänen zur Bestrafung des
Gefangenen … dann wird es Euch ebenso
überraschen wie es ihn überraschen wird.

FRIEDRICH:

(lustlos) Gut, wenn dem so sein soll; tut euer
Schlimmstes, bald bin ich hier heraus, zurück bei
meinen alten Pflichten. So lasst uns dann auch
beginnen, kommt mit! Trödelei ist wahrlich keine
gute Eigenschaft! *(geht nach links von der Bühne
ab)*

AGRIPPA:

(zu sich, süffisant) O Friedrich, ihr elender Narr …
ob ein knörriger Ast oder eine leuchtende Blüte …

beide sind wir doch nur Teile eines größeren
Ganzen. Ihr tätet gut daran, es zu verstehen …
ansonsten wird es Euch in Stücke reißen und mit
schallendem Gelächter fressen. Und den Chor des
Gelächters werde ich dirigieren. *(finsteres
Gelächter, geht nach links von der Bühne ab)*

VIERTE SZENE

Kerkerzelle der Gefangenen

Johann, Friedrich und Agrippa

JOHANN:

(sitzt auf dem Boden und starrt hoffnungslos und leise jammernd Löcher in die Luft)

AGRIPPA:

(tritt von rechts auf die Bühne stellt sich vor das Gitter) Guten Abend Herr Werlher. Ich hoffe doch sehr, meine Schläge haben Euch keine allzu großen Schwierigkeiten bereitet *(kindisches Lachen)*

FRIEDRICH:

(tritt von rechts auf die Bühne stellt sich neben Agrippa, wütend) Bei Gott, so spart Euch doch eure elenden Monologe. Sie triefen nur so vor Süffisanz, und mit jeder durch Euch vertrödelten Minute rückt mein Ausweg aus diesen Schreckensgemäuern ferner in die Zukunft. So nehmt ihn doch einfach mit, ich kann eure vorlaute Stimme nicht mehr hören!

AGRIPPA:

(dreht sich jäh um und schaut Friedrich
bedrohlich an) Was war das? Bisher habe ich
mich Euch gegenüber stets nach den mir
bestmöglichen Manieren verhalten und geziemt.
Solltet Ihr nun doch den Bogen überspannen,
zögere ich nicht, auch Euch wie Dreck zu
behandeln.

FRIEDRICH:

(eingeschüchtert, weicht einen Schritt zurück) In
Ordnung, in Ordnung, tut nur was Ihr müsst. Ich
will es einfach nur hinter mich bringen.

AGRIPPA:

(schlägt Friedrich mitten ins Gesicht, woraufhin
dieser unter Schmerzen taumelnd zu Boden fällt)

Benehmt Euch. Hier unten bin nach wie vor ich
die einzige Befehlsgestalt, und meine Worte sind
Gesetz. Stellt Euch dagegen, und Ihr werdet der
nächste Gefangene in dieser Zelle werden. Und
versucht gar nicht erst, wie ein kleiner Bengel
davonzulaufen. Die Wachen hier unten kennen
euren Auftrag, und meine Befehle. Ihr geht erst,
wenn ich es gestatte. Und nun steht auf ihr elender
Wurm, oder ich prügle Euch bis an die Decke!

FRIEDRICH:

(steht unter Murren auf und bleibt mit Abstand zu

Agrippa an der Zelle stehen)

AGRIPPA:

Gut. Und nun zu Euch, blutiger Soldat. *(öffnet die
Zellentür und geht hinein)*

JOHANN:

*(steht ängstlich auf und meidet Augenkontakt zu
Agrippa)* Was … was habt Ihr Monster mit
August gemacht? Und was habt Ihr mit mir vor?

AGRIPPA:

(amüsiert) Vom Schicksal eurer Freunde und von
eurem eigenen kann Euch nur die Zeit berichten.
Ihr werdet es früh genug verstehen, vertraut mir.
(laut) Und jetzt stellt Euch gefälligst hin wie es
Euch gebührt! Tötet drei Soldaten, stiehlt für die
Franzosen, und vermag es nicht einmal, mit
erhobenem Haupte zu stehen?

JOHANN:

*(nimmt schützend seine Hände hoch und stellt sich
gerade hin, Augenkontakt nach wie vor meidend)*

AGRIPPA:

Schaut mich an Ihr elender Dreckhaufen! *(dreht
Johanns Kopf brutal um und schaut ihm finster in
die Augen)* O wie süß ist der Odem eines
Ängstlichen … davon wird das Blut immer so

wundervoll warm und dampfend!

JOHANN:

(versucht sich abzuwenden, schafft es jedoch nicht, panisch)

AGRIPPA:

So gefallt Ihr mir schon wesentlich besser, ihr dreckiger Wurm. Und jetzt kommt, Ihr habt noch ein kleines Rendezvous mit euren Schandtaten …

JOHANN:

(zu sich selbst, flüsternd) Was habe ich getan? Ich … ich habe Menschen ermordet … ebenso wie August es vermutet hatte. Mein Blut ist kälter als der russische Winter, und meine Hände strotzen vor Blut … ich weiß nicht, was …

AGRIPPA:

Spart Euch eure Selbstgespräche für nachher auf, denn andere Gesprächspartner werdet Ihr so schnell nämlich nicht mehr finden. Solche verzweifelten Reuebekundungen haben immer so etwas Melancholisches an sich … Tränen sind das Blut der Gefühle, nicht wahr? *(greift sich Johanns Arm und zerrt ihn ruppig aus der Zelle heraus)*

FRIEDRICH:

(weicht zurück)

JOHANN:

(zu sich selbst, flüsternd) … ein Mörder, ein
Mörder … ich bin wirklich schuldig … all diese
Lügen meines eigenen Verstandes … und ein
Feigling bin ich noch dazu, zum schlimmsten aller
Tode verdammt … o August, o Gott, du hast mich
verlassen … die Flammen erwarten mich … die
Verdammnis erwartet mich … o Jesus … o
Wilhelm …

AGRIPPA:

(geht mit Johann weiter nach rechts) Heda
Friedrich, Euch habe ich nicht vergessen! Kommt
mit mir und haltet den anderen Arm von diesem
Schmutzkrieger fest. So los doch, eilt Euch!

FRIEDRICH:

*(kommt langsam zu Agrippa und hält Johanns
anderen Arm fest)*

AGRIPPA:

(verpasst Johann eine Ohrfeige) Und nun will ich
nichts mehr hören … die Ruhe vor dem Sturm
muss man genießen, wie eine frische Meeresbriese
am norddeutschen Strand. *(lacht und zerrt Johann
mit Friedrich nach rechts von der Bühne)*

156

FÜNFTE SZENE

*Garten des Schloss von Wolkentief. Mehrere
verschnörkelte Stühle und ein Tisch in der Mitte,
ringsherum bunte Blumen und hohe Sträucher. Auf dem
Tisch stehen eine Silberkaraffe mit Wein und zwei Kelche.*

Baron, Antonia, Diener mit Violine

BARON:

> *(tritt mit Antonia unter dem Arm von rechts auf
> die Bühne auf)*

ANTONIA:

> Deine Blumen sind so schön wie immer ... seit
> meinem letzten Besuch hat keine von ihnen ihren
> Glanz verloren. Sie scheinen sich ein Vorbild an
> dir zu nehmen.

BARON:

> Du bist eine Schmeichlerin, mich alten Herren mit
> leuchtenden Blüten gleichzusetzen. Und ich bin
> ein Narr, nichts zu finden, mit dem man die
> deinige Schönheit beschreiben könnte ...

ANTONIA:

> Du bist zu gütig. Dein Charme wird dich noch
> überdauern ...

BARON:

> *(schiebt einen Stuhl in ihre Richtung)* Komm, setz
> dich doch, und nimm an meiner Seite Platz.
> Entspannt erzählt und trinkt es sich besser.
> *(schenkt ihr und sich einen Kelch Wein aus der
> Karaffe ein)*

ANTONIA:

> Sehr gerne *(nimmt Platz und schnappt sich einen
> vollen Kelch)*

BARON:

> *(setzt sich)* Doch ach, wo habe ich nur meine
> Manieren gelassen ... *(laut)* Musikus! Untermalt
> unser Gespräch mit einer fröhlichen Weise!

DIENER:

> *(kommen hastig vom Bühnenrand mit Violinen in
> der Hand herbeigeeilt, stellen sich mit etwas
> Abstand zum Baron und Antonia auf und spielen
> Bachs "Konzert für zwei Violinen")*

BARON:

> *(zufrieden)* Schon weitaus besser.

ANTONIA:

> Man könnte fast meinen, du seiest von Musik so
> abhängig wie andere von Alkohol und Opium.

Nach wie vor ist die Stille dein wahrlich größter
Feind, und deine tiefste Furcht ... doch bin ich
nicht nur zum Plauschen hier, sondern komme aus
Träumen heraus, die eine goldene Zukunft unserer
Sache beschreiben.

BARON:

Natürlich, natürlich, du hast Recht. Konzentrieren
wir uns auf die größere Sache als kleine irdische
Freuden. Du sprachst bei deiner Ankunft von
Visionen, die dich zur Reise in mein Schloss
veranlassten, richtig?

ANTONIA:

Ja, ganz genau. Ich träumte nächtelang denselben
Traum, doch immer mit anderen Augen. Zuerst
hing ich weit oben in der Luft, gekettet an einen
hohen Kathedralenturm, mit nichts am Leibe
außer meiner Haut und meinem Haar. Unter
meinen Füßen brannte ein immenses Feuer, und
von allen Seiten leckten die Flammen an meinen
zarten Körper. Ich fühlte weder Schmerz noch
Angst; mit jeder neuen Flamme stieg mehr
Glückseligkeit in meinem Geiste auf, und ich
fühlte eine ewige Ruhe voller Lebendigkeit, bis
irgendwann mein irdischer Körper vollkommen zu
Staub zerfallen war und die Morgensonne mich
aus meinem Schlummer weckte.

Ein anderes Mal tanzte ich zu Füßen dieser
mächtigen Kathedrale. Rote Seidenbänder waren

um meine Arme und Beine gewickelt, und allein
dem Feuer gab ich meine weiblichen Reize preiß.
Meine Bewegungen waren monoton, doch voller
Kraft und Energie; eine Ekstase, die nur
brennende Liebe möglich macht. Vor meinem
geistigen Auge sah ich das Gesicht eines schönen
Mädels, mit leuchtenden Augen und einer
markanten Nase, und reinste Liebe rann durch
meine Seele im Gedanken an sie. Unaufhörlich
tanzte ich, tanzte zur Verbrennung des
Flammenträgers am Haupt des Kathedralenturms,
und aus meinem Herzen quoll liebender Eifer wie
Blut aus geschächteten Schweinen, bis alsbald die
Flammen erloschen, die Kraft meinen Körper
verließ und ich wie nach tausend Höhepunkten
friedlich zusammensackte und in meinem
Schlafgemach voller Unglauben an das Geträumte
erwachte. Und diese Träume durchlebte ich
tagelang, wochenlang, ein stetiger
Perspektivenwechsel ... und ich glaube, diese
Träume sind Visionen, ein Zeichen unserer
zukünftigen Siege ... eine Botschaft der Sonne.

BARON:

Deine Worte klingen so vertraut, denn ich
durchlebte in meinem gestrigen Traum ein
ähnliches Szenario: Zwar hing ich weder an einem
Kathedralenturm, noch tanzte ich zu dessen
Füßen, doch sah trotzdem alles so wie du: mir
war, als betrachtete ich die Szenerie durch die
Augen eines Vogels, der langsame Kreise zog und

sich nach einigen Momenten auf einem Hausdach niederließ, um mir einen vollkommenen Blick auf die Geschehnisse zu geben. Ich sagte und dachte nichts; nur fühlte ich ein nagendes Verlangen: das Verlangen nach dir und dem Fortschritt unserer Sache. Und nach der Schilderung deiner Träume fühle ich es nur noch mehr.

ANTONIA:

Wahrlich dünken wir beide nicht nur durch Liebe, sondern auch durch eine Pflicht verbunden zu sein. Wir erhielten diese Visionen aus Gründen; wir sind beide dazu verpflichtet worden, dafür zu sorgen, diese Träume in die Tat umzusetzen. Die Sonne brennt hell in unseren Seelen, und hat die unsrigen verbunden.

BARON:

Doch was sollen wir tun? Ich weiß weder wo sich diese Kathedrale befindet noch wer die tanzende Frau zu deren Füßen ist, geschweige denn des brennenden Mannes an des Turmes Spitze.

ANTONIA:

O mein Liebster, das ist unser kleinstes Hindernis. Ich habe es nämlich bereits herausgefunden.
(nimmt einen Schluck Wein)

BARON:

(aufgeregt) Was? Was für eine wunderbare

161

Fügung! Doch woher weißt du es? Und wo ist sie?

ANTONIA:

Gemach gemach, nicht so stürmisch; haben wir
beide doch mehr als genug Zeit. Über die Person,
die hell flackernd an der Kirche hängt, weiß ich
nichts; aber ich weiß, wer befreit von jedem
Kleide hochekstatisch tanzen wird. Ihr Name ist
Alejandra María Vazquéz, und sie lebt in meiner
Heimat, dem schönen Städtchen Saberón. Eine
bisweilen fromme Kirchgängerin, die Jesus, Gott
und den Heiligen Geist tief in ihrem Herzen trägt.
Doch gibt es jemanden, den sie noch tiefer in ihr
Herz geschlossen hat. Die Person, die ich in
meinem Traum mit liebenden Augen bewundert
habe; die vor meinem geistigen Auge fröhlich
lächelte und mit den schönen Äuglein zwinkerte.
Ihre gleichgeschlechtliche Liebe trägt sie tief vor
aller Welt verborgen, denn für ihren Herrgott ist
es eine Sünde; es zermartert sie, mit jeder Minute
ihres Lebens. Und genau an diesem Punkt können
wir ansetzen, und sie aus der verdrehten Welt des
Christengottes zu befreien und in einer
vollkommen neuen Domäne der Freiheit
willkommen heißen zu können. Liebe für sie, und
Fortschritt für uns, unsere Sache, als loyale Jünger
unserer flammenden Herrin.

BARON:

Dein Wissen um alles, das Gestrige, Heutige und
Morgige, vermag es stets, mich aufs Neueste zu

verblüffen. Interessant meine Liebe, interessant.
Doch wo steht die Kathedrale, an der die Vision
Realität werden soll?

ANTONIA:

(nimmt einen großen Schluck von ihrem Kelch)
Sie liegt fern von dir und im Moment auch fern
von mir, doch werde ich ihr während meiner
Rückkehr täglich näherkommen, bis das Ende
meiner Reise mich zum Ziel meiner Träume
führen wird. Die Kathedrale, um die es sich
handelt, trägt den Namen Catedral de Santa Juan
Soflama, und steht inmitten meiner Heimatstadt,
in der ebenfalls die Frau aus unseren Visionen
lebt. Es ist, als seien wir dazu vorherbestimmt, als
hätte das Schicksal seine Fäden auf diesen
Moment genau gezogen, unsere Leben genau auf
diesen Moment hindrigiert.

BARON:

Das trifft vielleicht auf das deinige Schicksal zu,
doch bin ich weit entfernt von deiner spanischen
Heimat, und würde eine so lange Reise
voraussichtlich nicht gut überstehen. Das Alter
nagt an mir.

ANTONIA:

Nur weil du nicht Zeuge der Geburt unseres
Anliegens wirst, heißt das nicht, dass du keine
Rolle darin spielen wirst. Du hast die Visionen

163

nicht ohne Grund erhalten, und bei ihrer Gerechtigkeit, du wirst dich ebenso hervortun können wie ich. Außerdem benötige ich ohnehin deine Hilfe bei der Planung für die Konversion; allein würde mir diese Prüfung zu schwer, und ich bedarf deiner planenden Hand dabei.

BARON:

Nun gut *(füllt Antonias Weinkelch auf und nimmt seinen Eigenen in die Hand)* Doch wollen wir zuerst einmal auf eine glorreiche Zukunft trinken? *(erhebt seinen Kelch)* Eine Chance wie diese haben wir beide schon seit Jahren erwartet, und nun wird sie endlich Wirklichkeit! Auf die Zukunft!

ANTONIA:

Hört hört! Auf die Zukunft! *(stößt mit dem Baron festlich an und leert ihren Kelch in wenigen Zügen)*

BARON:

(nimmt einen großen Schluck aus seinem Kelch) So ... dann erzähl mir doch einmal von dieser Dame Alejandra, Sklavin ihrer Gefühle ...

SECHSTE SZENE

Kleiner Kerkerraum mit einem scharfen Schwert an der Wand

Johann, Friedrich und Agrippa

AGRIPPA:

(zieht Johann von links auf die Bühne und stößt ihn auf den Boden)

JOHANN:

Wo ... wo sind wir hier?

AGRIPPA:

Dies, mein lieber Freund, ist euer Wendepunkt. Die Wände sind aus kaltem Stein, die Decke trieft vor Schimmel und die Luft schmeckt nach Verzweiflung. Karg wie eine verlassene Höhle, und finster wie die Himmel des Jüngsten Gerichtes.

FRIEDRICH:

(tritt hervor) Eine weitere Gefängniszelle? Warum haben wir ihn nicht einfach in der alten belassen?

AGRIPPA:

(dreht sich jäh zu Friedrich um) Weil mein Plan

eine karge Kerkerzelle für den Gefangenen vorsieht, ohne Licht und ohne Fenster. Haltet eure Lippen beieinander und lasst mich Euch durch meine Arbeit erleuchten.

JOHANN:

Was ... was soll das hier ... ich bin ein Sünder, ein Missetäter ... Blut klebt wie Honig an meinen Händen, und meine ganze Vergangenheit besteht nur aus Verbrechen ... und Ihr ... ihr werft mich in eine andere Zelle?

AGRIPPA:

(belustigt) Grämt Euch nicht Johann, dies hier ist erst der Anfang vom Ende. Vorher will ich allerdings etwas von Euch wissen: Warum seid Ihr hier?

JOHANN:

Wie? Warum ich hier bin? Das sagtet Ihr doch bereits, weil ich ein Mörder bin! Weil ich ein grässlicher Soldat war, muss ich mich nun eurer Folter beugen und durch eure Hände sterben ... warum fragt Ihr mich das?

AGRIPPA:

(hämisch) Nun ja, das habe ich wahrlich gesagt. Doch seid Ihr Euch dessen auch gewiss? Seid Ihr sicher, diese Schandtaten begangen zu haben?

166

JOHANN:

> *(irritiert)* Ob ich mir ... dabei sicher bin? Ich ... ich
> ... ja, natürlich bin ich mir sicher. Nur ein
> kaltblütiger Mörder hätte ohne ein Wimperzucken
> einen alte Greis niedergeschlagen wie ich es tat.
> Nur ein engstirniger Mann würde das große Ganze
> aus dem Blick verlieren und vergeblichen
> Hoffnungen frönen ... ich habe es gehört, ich bin
> verdammt ...

AGRIPPA:

> O, das seid Ihr auf jeden Fall. Aber seid Ihr Euch
> wirklich sicher, rechtens hier zu sein? Ist Euch das
> Gewicht eurer Sünden wirklich bekannt oder
> glaubt Ihr nur daran? So wie Ihr seit Neuestem
> dem Herrgott eure Treue und euren Glauben
> schenkt ... ich habe spitze Ohren, müsst Ihr
> wissen.

JOHANN:

> *(verzweifelt)* Ihr meint, ich könnte meine Hände in
> vollkommener Unschuld waschen und müsste
> trotzdem diese Qualen hier durchleben? Was wollt
> Ihr denn von mir? Tut was Ihr müsst, Ihr allein
> wisst um meine Vergangenheit ... mein Verstand
> ist ein einziger turbulenter Ozean ...

AGRIPPA:

> Ich vertraue Euch dabei, mittlerweile genug über

167

eure Vergangenheit zu wissen. Ohne Erkenntnis gibt es keine wirkliche Reue.

JOHANN:

(weinerlich) Aber ich bereue doch so gut ich kann ... ich bereue die blutigen Schläge gegen August, mein närrisches Verhalten, meine Feigheit ... August schimpfte mich einen Narren, weil ich die Umgebung nicht direkt als endgültige Wahrheit und mein unausweichliches Ende interpretierte ... doch Wilhelm schalt mich für meine Feiglingshaltung ... ich war nicht stark genug dazu, meinen Kopf aufrecht zu erhalten ... doch wie soll ich meinen Kopf aufrecht halten, wenn das Ende unausweichlich ist? Wohin mit meiner Angst, mit meinen seelischen Qualen? August war ein Fels in dieser Brandung von Angstgefühlen, und Wilhelm ließ sich bis Ende nicht aus seiner Haltung reißen ... und nun kauere ich hier, mit nichts als Furcht und Verwirrung inmitten meines Herzens und weiß nicht einmal dem Folterknecht richtig zu antworten ... wie soll ich denn wissen, wenn mein Verstand zerstört, wie soll ich stehen, wenn alle Säulen niedergeworfen, wie soll ich akzeptieren, wenn alle Dinge unklar sind?

AGRIPPA:

(hämisches Kichern) Eines kann ich Euch mit Sicherheit anvertrauen: Ihr wirkt wahrlich wie ein Feigling. Was eure Freunde zu ihrem Schicksal zu

sagen und über euer Verhalten zu lamentieren hatten ist mir egal. Ich will nur eines wissen: Glaubt Ihr, all dies hier wahrlich verdient zu haben?

JOHANN:

(schreiend) Was glaubt Ihr denn? Ich weiß es nicht ... ich weiß nichts, und Schuldgefühle zernagen langsam meinen Verstand ... alles, was ich tat, wirkt falsch, und doch weiß ich nichts darüber, was in diesen dreckigen Kavernen wirklich Wahrheit ist! Ich weiß nicht, warum ich hier bin, ich kenne nur eure Worte; ich weiß nicht, ob dies alles rechtens ist; ich weiß nicht, ob Wilhelm und August Narren waren, oder ob ich selbst zum weinerlichen Narren geworden bin ... ich weiß es nicht, ich weiß es nicht! Ich weiß es nicht, ihr elender Folterknecht! So tut es doch endlich, so beendet diesen Alptraum doch endlich!

AGRIPPA:

Mit Verlaub, das wäre doch viel zu einfach für einen Mann meines Kalibers und ein Würmchen wie Euch. Ich werde Euch nicht einfach töten, allein schon aus Gründen der Gerechtigkeit ... was ist schon eine Strafe, die jegliches Leiden binnen Sekunden einfach beendet? Strafe muss vergeltend sein, und zu euren Taten passen. Genauso vollzog ich es bei euren Mitgefangenen, und keiner von ihnen starb direkt durch meine Hand. Ihre Strafe haben sie erhalten ... doch diese liegt fernab von zivilisierten Methoden des Strafvollzuges.

JOHANN:

(widerspenstig) Ihr schwadroniert von Bestrafung, und doch sehe und höre ich nichts außer eurer knöchrigen Gestalt, die mir unnütze Fragen stellt ... ihr fragt mich danach, ob dies alles rechtens ist, und kündigt meine Bestrafung in jedem eurer Sätze an. Was zur Hölle wollt Ihr denn damit bezwecken? Mich verunsichern? Meine Wahrnehmung noch weiter zerstückeln und mich in den Wahnsinn treiben? Ist das meine Strafe? Quälende Gespräche mit Euch, dem Kerkermeister der höllischen Pforten?

AGRIPPA:

Vielleicht will ich das. Oder vielleicht bin ich auch einfach nur ein kranker Irrer, der mit entführten Bürgern seine makaberen Späße treibt. Wer weiß das schon? Ihr? Bestimmt nicht? Ich? Manchmal zweifle ich daran. Ich könnte Euch erzählen was ich will und Ihr würdet es mir am Ende glauben, egal wie offensichtlich meine Lügen sind. Denn Ihr könnt einfach nicht anders; alle anderen Möglichkeiten sind mit eurem Eintritt in diesen Kerker an der Eingangspforte abgestorben.

JOHANN:

Also bin ich gar kein Mörder? Wurde ich einfach
nur durch meine Angstgefühle zu meinen Taten
getrieben und nur zu eurem Amusement dieser
Seelenfolter ausgesetzt? Ich bin also überhaupt
kein Missetäter und muss gar keine Strafe von
Euch erwarten?

AGRIPPA:

O, die Strafe bekommt Ihr auf jeden Fall. Ich
sagte doch bereits, dass Ihr so oder so bereits
verdammt seid. Die Frage ist, ob Ihr Euch selbst
damit arrangieren könnt. Und die Antwort darauf
könnt Ihr nur alleine finden, in den Untiefen eures
zerrütteten Geistes. Eure Strafe wird Euch treffen,
keine Sorge.

JOHANN:

(verzweifelt) Aber Ihr sagtet doch gerade, dass ich
womöglich gar keine Strafe verdiene ... und nun
ist sie doch schon in Stein gemeißelt ... hört doch
auf mit euren Spielchen und vollstreckt sie
einfach, ich flehe Euch an!

AGRIPPA:

Nun gut, nun gut, wenn Ihr so ungeduldig sein
müsst. Eure Strafe ist einer weitaus seelischeren
Natur als es bei den anderen beiden Gefangenen
der Fall war. Man könnte es auch meinerseitige

Güte nennen ... Schmerzen an Armen, Beinen, Brust und Kopfe bleiben Euch erspart. Ihr habt sogar eine wirkliche Chance darauf, diesem Gefängnis hier zu entfliehen und euer wahres Leben erneut beginnen zu können. *(geht zur hinteren Wand der Zelle und hebt einen daran lehnenden Säbel auf)*

Diesen Säbel gebe ich nun in euren Besitz über. Ihr seid nun der Gebieter über dieses Säbels Todeskraft, und könnt als Einziger damit den Schlüssel zu eurer Gefangenschaft erkennen, ergreifen und zur Flucht ins heißgeliebte Sonnenlicht benutzen. Und versucht gar nicht erst, mich oder Friedrich hinterrücks damit erstechen zu wollen; die Wachen hören alles, und sind ebenso in der Kunst des Leidens geschult wie ich. Außerdem vergeht dabei eure einzige Chance auf die vollkommene Freiheit.

JOHANN:

(kreischend) So sprecht doch, was soll ich tun? So sprecht, und hört auf mit diesen unnützen Floskeln!

AGRIPPA:

(Kichern) In Ordnung ... diese Klinge hat genau zwei Nutzen; Ihr könnt sie benutzen, um Euch selbst zu töten. Ich bin mir sicher, Ihr wisst wie das funktioniert. Oder aber Ihr benutzt sie gar nicht, legt die Klinge zur Seite und übt Euch in

172

Geduld. Denn irgendwann werde ich wiederkehren, Euch die Tür weit öffnen und aus diesem dunklen Kerker hinausgeleiten. *(drückt Johann den Säbel in die Hand)* Wählt weise, mein werter Freund. Und denkt doch noch einmal darüber nach, ob Ihr dies hier wirklich verdient ... das hat doch etwas wunderbar Romantisches. Lebt wohl Johann ... auf einen neuen Tag! *(wendet sich ab, packt Friedrich am Arm und zieht mit ihm im Schlepptau von der Bühne ab, schließt dabei die Tür hinter sich)*

JOHANN:

(rennt zur Tür und hämmert daran, kreischend) He, kommt zurück! Ihr könnt mich doch nicht mit einer Waffe hier zurücklassen und mich mit womöglich falschen Hoffnungen abspeisen ... ihr elender Hundesohn, so kommt doch zurück und gebt mir die Wahrheit! Die Wahrheit! Ich weiß doch nichts ... ich weiß doch nichts! Nicht weiß außer euren Worten ... vielleicht sind es Lügen .. vielleicht die Wahrheit ... Wahnsinn, Wahnsinn kriecht durch meine Glieder ... Ihr Made, so kehrt doch zurück und zeigt mir was die Wahrheit ist ... so bestraft mich doch endlich. Die Wahrheit ... die Wahrheit ... die Wahrheit!

(sackt auf dem Boden zusammen, greift nach dem Schwert und betrachtet es etwas. Daraufhin wirft er es unter wütendem Grunzen hinfort und verkriecht sich wimmernd in einer Ecke der Zelle)

173

SIEBENTE SZENE

Karger Korridor

Friedrich und Agrippa

AGRIPPA:

Nun, mein werter Friedrich, mir deucht, dass ich
meine Aufgabe nach allen Regeln der Kunst
vollendet und Euch stetig dabei an meiner Seite
behalten habe. Der Baron hatte mich angewiesen,
tunlichst darauf zu achten, Euch an allem
zumindest durch die Augen teilhaben zu lassen;
ich versuchte zwar am Anfang, Euch mit
einzubinden, doch eure Zögerlichkeit beim
Prügeln des Gefangenen Wilhelm Entze hat mir
nicht gefallen, und ich zog es daher vor, die Dinge
mit meinen eigenen Händen zu erledigen.

FRIEDRICH:

Zögerlichkeit bei der Anwendung von Gewalt ist
keine schlechte Charaktereigenschaft; Ihr hättet
mich auch einfach vorher über seine kriminelle
Natur aufklären können, dann wäre Euch die
Zögerlichkeit und mir die Schelte erspart
geblieben.

AGRIPPA:

Wenn Ihr das sagt. Ich muss zugeben, von Anfang

an mehr Hoffnung in Euch gesetzt zu haben, doch das Gros dieser Hoffnungen ist innerhalb der letzten Stunden fortgebrannt. Ich verstehe nicht, was der Baron in Euch gesehen hat, Euch mit solcher Aufgabe zu betreuen. Bücklinge vermögen es eben einfach nicht, die schmutzige Arbeit meiner Wenigkeit zu verrichten.

FRIEDRICH:

Warum ich all dieses Ekel zu durchleben hatte, ist auch mir ein einziges Rätsel; ob mich der Baron wohl bestrafen wollte? Oder wollte er mir eine Lektion erteilen? Oder, womöglich, sogar meinen Geist für kommende neue Befugnisse erweitern? Vielleicht sieht er mehr in mir als einen Kammerdiener, und hegt den Gedanken, mich zu Höherem emporzuheben ... seinem Sekretär vielleicht, oder dem Verwalter seines Hofes ... ob er mich vieleicht sogar zum Studieren schickt, um juristisch tätig werden zu können?

AGRIPPA:

Macht Euch keine Hoffnungen Friedrich. Ihr seid ein Bückling, und könnt nichts als nur noch tiefer fallen. Hochwohlgeboren ist nicht für seine Liebe zu seinen Dienern bekannt, und noch weniger für das Finanzieren eines Studiums für Menschen unter seinem Zepter. Ich glaube eher daran, dass er Euch bestrafen wollte, für eine schändliche Tat, die Ihr im wachen Dienst verrichtet.

FRIEDRICH:

(empört) Ich habe niemals, und ich sage niemals,
unter dem Dienste des Barons Schandtaten
jeglicher Art begangen. Stets war ich bemüht,
eifrig, loyal und admirabel. Ich wurde von den
niederen Adligen wie Dreck behandelt, und mit
einem glänzenden Lächeln antwortete ich ihnen
stets. Ich kümmerte mich stetig um das Wohl des
Barons, in jeglicher Hinsicht, und las ihm alle
Wünsche von den Augen ab. Auch wenn ich
gerade kurz diesen Gedanken äußerte; nein, eine
Bestrafung sollte dies hier wahrlich niemals sein.
Und falls doch, könnte ich mir nicht ausmalen
weshalb.

AGRIPPA:

Der Baron hat seltsame Eigenarten. Er kommt
öfter hier hinunter als Ihr vielleicht glauben mögt.
Vielleicht hat er Euch einfach nur aus Spaß an der
Freude hier hinuntergesandt, um mir zu
assistieren.

FRIEDRICH:

Der Baron? Öfter hier? Ich glaube Euch kein Wort
... er weiß bestimmt von euren obskuren
Methoden, doch sich an diesem Leiden noch
ergötzen ... nein, das glaube ich Euch nicht. Ich
kenne diesen Mann schon seit Jahren, und von
eurem Kaliber ist er wahrlich nicht. Erzählt mir
was Ihr wollt, doch mich könnt Ihr nicht so

einfach in die Ungewissheit schwafeln wie vor
kurzem noch den Johann Werlher.

AGRIPPA:

(lachend) Gut Friedrich. Vielleicht müsst Ihr diese
Lektion erst am eigenen Leibe erfahren, bevor Ihr
meinen Worten Glauben schenkt. Und dabei
dachte ich, Ihr hättet mittlerweile gelernt, dass ich
Euch gegenüber stetig ehrlich war und noch
immer bin. Doch in einer Sache habt Ihr wirklich
Recht; so einfach wie gerade den Gefangenen
kann ich Euch nicht in die Verzweiflung
sprechen ... o der arme Narr ... diese Tür wird sich
niemals wieder öffnen ...

FRIEDRICH:

Ihr seid ein Monster Agrippa, und ich verstehe
nicht, wie der Baron euer hiesiges Treiben dulden
kann. Ich verstehe nicht einmal, wie Ihr es schafft,
so aufrecht durch das Leben zu marschieren, mit
all dieser Last von Folteropfern auf euren
Schultern. Ich bin sehr erfreut darüber, gerade
meine letzten Momente in diesen
Schreckenskavernen zu erleben.

AGRIPPA:

(erheitert) Friedrich, Ihr Wurm, nichts hindert
Euch mehr an der Rückkehr in die oberen Gefilde
von Wolkentiefens Etagere. Dafür, mich so
abstoßend zu finden, scheint Ihr am Pläuschchen

mit mir doch noch recht interessiert ... gebt es zu,
Ihr mögt mich. Ihr könnt gar nicht anders als
Männern mit starken Händen zu folgen. Bücklinge
folgen nur der Macht, und die Macht hier bin ich.
Ganz sicher: Ihr habt mich mögen gelernt.

FRIEDRICH:

(irritiert) Euch mögen? Euch Menschenquäler?
Der mich mit Fäkalien gespeist und Schlägen
behandelt hat? Der mir die bizarrsten und
abartigen Bestrafungen von Verbrechern mit einer
fröhlichen Inbrunst präsentierte, die man sonst nur
bei Zirkusartisten findet? Ganz gewiss, an Euch ist
kein Stückchen Liebenswertes, und die Welt, die
Ihr nach eurem Tod erlebt, wird grässlicher sein
als all die Schrecken, die Ihr aus diesen kalten
Mauern hervorbeschwören könntet. Und nun
genug von diesem Thema, ich werde nun
schnellen Fußes dorthin zurückkehren, wo die
Luft nicht nach Tod und Verwesung stinkt. *(geht
zum rechten Bühnenrand)*

AGRIPPA:

In Ordnung Friedrich Granthelm, gepuderter
Bückling. Aber denkt immer daran: Man sieht sich
immer zweimal im Leben. *(finsteres Kichern)*

FRIEDRICH:

(zurücktretend) Was meint Ihr?

AGRIPPA:

Das müsst Ihr schon für Euch selbst herausfinden.
Ich habe lange genug eure Hand gehalten und
euren Augen das geboten, was für sie bestimmt
war. Und nun eilt Euch, macht Euch davon ... ich
muss meinen Pflichten als Menschenquäler
nachgehen. *(finsteres Gelächter, geht nach links
von der Bühne ab)*

ACHTE SZENE

Karger Korridor

Friedrich

FRIEDRICH:

(erheitert) O Glückseligkeit, o geliebtes
Sonnenlicht, gleich werde ich erneut in deinem
Glanze atmen können, befreit aus diesen
schrecklichen wie toddurchtränkten
Kerkermauern. Hinter mir liegen die gräulichen
Bestrafungen dreier Gefangener, geboren aus dem
kranken Verstande eines leidenssüchtigen
Folterknechtes, und mir erschloss sich eine ganz
neue Seite der menschlichen Natur und Triebe;
eine Seite, derer ich niemals wieder habhaft
werden möchte. Den Ersten, einen brutalen
Mörder, ließ er von der Tochter eines seiner Opfer
töten ... dem Zweiten hackte er die Hände ab, um
ihm eine Lektion über Apathie zu erteilen und
dessen Geist vollkommen zu brechen, zum
Sterben im Wald zurückgelassen ... und den
Dritten strafte er mit der Qual der Gedanken; dem
Zyklus von aufkeimender und vergehender
Hoffnung. Johann wird sich nur durch den Stich
der Klinge wahrlich befreien können, das Angebot
mit der sich bald erneut öffnenden Tür war nur ein
finsterer Scherz Agrippas ... doch wozu dies alles?
Wozu diese grundlose Quälerei ... und weshalb

vor allem musste ich zu dessen Zeuge werden?

Was will der Baron bloß von mir? Will er mich bestrafen? Mehr und mehr glaube ich schon selbst daran ... doch wofür bloß sollte er das tun? War ich nicht stets ein guter und fügsamer Diener? Kein Wunsch war mir zuviel, keine Schläge mir zu schmerzhaft, keine Demütigung zu tiefschürfend ... oder ist dies hier vielleicht erst der Anfang einer noch viel größeren Bestrafung? Wie ein Inquisitor seinen Opfern sein Arsenal an Folterinstrumenten zeigt, um die Angst bereits ohne den Einsatz seiner Marterklingen aufflammen zu lassen ... ob ich mich bald auch in einer dieser Zellen wiederfinden werde? Die Erinnerung der drei Gefangenen war wie hinfortgespült, sie wussten weder war sie waren noch was sie getan hatten, und wurden trotzdem aufs Brutalste bestraft ... bin ich vielleicht der Nächste in diesem grässlichen Spiel, und bin nur zu blind es zu verstehen?

(gibt sich selbst eine Ohrfeige) Ach, so hört doch auf. Diese finsteren Kavernen haben meinen Verstand mit ihrer dunklen Essenz durchdrungen und nagen schon an meiner geistigen Gesundheit wie meinem Verstand. Es gibt keinen Grund mich zu bestrafen, und es wird sicherlich für meine Stationierung hier eine sinnvolle Erklärung geben.

Ich hoffe nur, der Baron ist noch wach. Hier unten habe ich mein Gefühl für Zeit vollkommen verloren und weiß nicht, ob es noch hellichter Tag oder schon dunkle Nacht geworden ist. Den Baron zu wecken ist niemals eine gute Idee, und geziemt sich nicht für einen einfühlsamen Diener. Nicht dass ich noch meine Pflicht versäume, Hochwohlgeboren sein Abendmahl zu servieren ... nach Schwarzsauer hatte er verlangt, sein absolutes Lieblingsmahl ... doch, was tue ich hier eigentlich? Spintisiere vor mich hin, schwadroniere von meiner Rückkehr in die warmen Stuben des Schlosses, und stehe doch noch wie festgenagelt auf dem Boden dieser finsteren Kavernen ... närrisch Friedrich. Närrisch närrisch. *(geht kopfschüttelnd und schnellen Schrittes nach rechts von der Bühne ab)*

- ENDE DES VIERTEN AKTES-

FÜNFTER AKT

ERSTE SZENE

Flure des Schlosses. Es laufen Adlige und Diener zu
Friedrichs rechter und linker Seite.

Friedrich, Hermann, Diener, Adlige

FRIEDRICH:

> *(hüpft fröhlich über die Bühne)* Ach welch Freude,
> was ein Glück! Reine Luft und helles Licht,
> strahlende Gesichter ... wie ein Balsam für die
> Seele nach diesen letzten Schreckensstunden
> *(tänzelt herum)*

HERMANN:

> *(tritt von rechts auf die Bühne, tippt Friedrich*
> *verwundert an)* He Friedrich, da bist du ja wieder!
> Mir deuchte schon, du seiest krank ... nirgendwo
> warst du aufzufinden. Ich habe so gut es ging
> versucht, deine Pflichten in deinem Namen zu
> erfüllen ... hoffentlich ist mir dabei kein Fehler
> unterlaufen.

FRIEDRICH:

> *(überrascht, fröhlich)* Hermann, mein lieber

Freund, wie schön, dich zu sehen! Und nein,
krank war ich nicht ... krank war nur der Ort, an
dem ich die letzten Stunden zugebracht habe. Ich
war im Auftrag des Barons unterwegs, und habe
unterhalb des Schlosses etwas ... unorthodoxere
Pflichten erfüllt als die eines gewöhnlichen
Dieners.

HERMANN:

Unterhalb des Schlosses liegen der Weinkeller,
einige Lagerräume und der Kerker ... wenn du die
letzten Stunden alleine im Weinkeller zugebracht
hättest, wärst du nicht in deiner jetzigen
Verfassung, sondern angeheitert und berauscht.
Die Lagerräume bieten nichts als Kisten voller
Kerzen, Ölen, Gewürzen, Samen und dergleichen
mehr, und bieten außerdem keine komfortable
Unterkunft. Doch ebenso liegt der Kerker weit
außerhalb der Pflichten eines Dieners, noch dazu
einem deines Ranges ... das verstehe ich nicht.

FRIEDRICH:

(atmet schwer durch) Hermann, kann ich dir
vertrauen?

HERMANN:

(empört) Aber natürlich Friedrich. Seit Jahren
kennen wir uns, arbeiten zusammen, und ein jeder
kennt ein oder zwei schmutzige Geheimnisse des
Anderen. Du kannst es mir erzählen ... wenn du

mir nicht vertrauen würdest, hättest du ohnehin nicht angemerkt, dass du die letzten Stunden unterhalb des Schlosses verbracht hast. Wahrscheinlich wärst du einfach an mir vorbeigelaufen, ohne überhaupt irgendetwas zu sagen.

FRIEDRICH:

In Ordnung. Aber frage mich nicht nach dem Sinn; denn dieser hat sich mir auch noch nicht ganz erschlossen. Vor einigen Stunden rief mich der Baron zu sich, und erteilte mir den Auftrag, dem Kerkermeister für eine zeitlang Assistent zu sein. Als ich ihn nach dem Sinn dieses Unterfangens fragte, sprach er nur, ich solle dafür sorgen, dass sich der Kerkermeister nicht vollkommen gehen lasse. Und so ging ich ...

HERMANN:

Kavernen? Sind das nicht Höhlen, Friedrich? Ich dachte, du warst im Kerker ...

FRIEDRICH:

Ja. Das war ich auch. Aber um was viele nicht wissen, ist die Existenz einer zweiten Ebene des Kerkers. Einem kalten und dunklen System von Tunnelgängen, das der Kerkermeister Kavernen nannte. Oh, beim Gedanken an ihn schüttelt es mich schon wieder ... ein ekelhafter Mann, und noch so krank dazu ... Agrippa Wartran, seines

185

Zeichens Menschenquäler. Ich traf ihn im Kerker
an, und er reichte mir in krankem Scherze einen
Becher voll mit Wein und Kot, und ergötzte sich
an meiner Übelkeit, bevor er mich mit sich nahm
und durch dunkle Pfade in die Kavernen führte.

HERMANN:

Das klingt wahrlich nach keinem angenehmen
Zeitgenossen ... doch was erwartet man auch
anderes von einem Folterknecht?

FRIEDRICH:

Damit magst du wohl Recht haben, doch macht es
das um keinen Deut besser. Ein Biss von einem
wilden Tier tut wirklich weh, auch wenn man
damit rechnen sollte. Und jetzt lass mich doch
erzählen, ohne ständig dazwischenzuhaken.

HERMANN:

*(vollführt spöttisch eine Abwehrhaltung mit den
Händen)* In Ordnung, in Ordnung, so sprich, so
sprich. Meine Lippen sind versiegelt.

FRIEDRICH:

Danke. Also dieser abartige Mann führte mich in
Kavernen voller Schmerzen, in deren Zellen allein
die ärmsten Folteropfer hausen. Ihre Blicke sind
entleert, und ihre Stimmen kraftlos ... doch gaben
wir uns nicht mit denen ab, die schon seit Jahren
hier ihr trostloses Dasein fristeten, nein ... wir

186

nahmen uns einem Gefangenentrio an, das erst seit
kurzem hier verweilte. Es bestand aus einem
Soldaten, einem Priester und einem Lahmen, und
nacheinander holten wir sie zur Bestrafung ab.
Agrippa erklärte mir, welch Schandtaten sie
vollbracht hatten, und vergolt diese Taten in
theatralischer Quälerei. Den Lahmen, der viele
Menschen wie Familien ermordet hatte, ließ er
von einer überlebenden Tochter brutal
zerschlitzen, und lachte dabei wie Kinder im
Zirkus. Sie war vielleicht fünfzehn Jahre alt, und
nahm sich nach der Ermordung des Lahmen selbst
das Leben ... weshalb sie dort unten geschunden
wurde, ich weiß es nicht. Wahrscheinlich allein zu
Agrippas Vergnügen. Ich versuchte ihn darauf zu
konfrontieren, doch war er zu abweisend und ich,
um ehrlich zu sein, auch zu ängstlich dafür. Außer
ein paar Worten tat ich nichts im Angesicht dieser
grausamen Ungerechtigkeit. *(senkt den Kopf)*
Wahrscheinlich meinte der Baron genau das mit
meinem dortigen Einsatz ... ich hätte Agrippa
wahrhaft konfrontieren sollen, ihn bremsen sollen,
anstelle alles passiv mitzutragen und wie ein
kleines Kind nur schnell nach Hause zu wollen.
Oh weh mir, ich hoffe der Baron kann mich
verstehen.

HERMANN:

(energisch) Das wird er bestimmt, du kennst ihn
doch, aber jetzt erzähl schnell weiter, meine
Neugier ist hell entflammt!

FRIEDRICH:

Nun gut, wie du willst. Der zweite Gefangene war
ein alter Priester, der nicht wirklich Furcht vor uns
hatte. Er hat viele Kinder missbraucht, und unter
dem Mantel eines Gottesdieners seine grässlichen
Taten vertuscht. Ein Phlegmatiker ohnegleichen ...
er fand wohl seinen Halt in seinem Glauben.
Agrippa jedoch zerschmetterte diesen Halt mit
einer tosenden Ansprache über die Ilusion des
Glaubens und dessen Kraft, dass er nicht außer
Handlungsunfähigkeit mit sich bringt ... und um
jenes zu verdeutlichen, schlug er dem alten
Priester beide Unterarme ab und ließ ihn blutend
im Wald zurück, nicht weit entfernt vom Schloss.
Und der Dritte im Bunde war ein ehemaliger
Soldat; er trug sogar noch eine zerschlissene blaue
Uniform. Er hat jahrelang preußische Waffen und
Güter gestohlen und an die Feinde unseres
Reiches verkauft, und drei Männer brutal
ermordet, als diese seine Diebestat bemerkten und
ihn dafür stellen wollten. Ihn warf Agrippa in eine
düstere Zelle ohne Licht, nur mit einem scharfen
Säbel an der Wand, und sagte zu ihm, dass ein
Ausweg aus dieser Zelle möglich sei. Er könne
sich entweder mittels des Säbels das Leben
nehmen, oder so lange ausharren, sich
disziplinieren, bis Agrippa eines Tages erneut die
Tür öffnen und ihn zurück in die Freiheit entlassen
würde. Und darinnen steckt er bestimmt immer
noch ... es ist eine psychische Art der Folter, ein
sehr grausames Verfahren ... ich glaube nicht

daran, dass Agrippa jemals wieder diese Tür öffnen wird.

HERMANN:

Lieber Himmel, welch Schrecken du durchlitten hast ... sieh nur wie ich schaudere! Zum Glück ist es nun vorbei, und du wandelst wieder in den hellen Fluren des Schlosses und kannst nun dem Baron von der erfolgreichen Erfüllung deiner Pflichten berichten!

FRIEDRICH:

Ob ich erfolgreich war, weiß ich nicht ... wahrscheinlich war ich es nicht. Ich vermochte es in keiner Situation, Agrippa zu bremsen, und hörte ab einem gewissen Punkt einfach damit auf. Zu groß die Furcht vor weiteren Schlägen, zu groß die Feigheit in meinem Herzen ... ich hoffe doch sehr der Baron versteht mich. *(blickt auf)* Entschuldige mich, Hermann, ich muss nun dem Baron Bericht erstatten ... ich rede schon viel zu lange mit dir. *(geht schnellen Schrittes von der Bühne ab)*

HERMANN:

(alleingelassen) In Ordnung. Wir sehen uns dann später! *(geht mit gesenktem Kopf von der Bühne)*

ZWEITE SZENE

Studierzimmer des Barons

Baron und Antonia

ANTONIA:

(steht vor dem Schreibtisch des Barons)

Also glaubst du nicht, dass plumpe Verlockungen
für den Sieg unserer Sache sorgen können? Meinst
du nicht, dass einfühlsame Worte von
Verständnis, durchwoben von
Auswegsperspektiven in den Armen unserer
Herrin, Alejandra von unserem Anliegen
überzeugen werden?

BARON:

(sitzt an seinem Schreibtisch)

Nein, das glaube ich wahrlich nicht. Ich habe zu
lange über mein Land als Herr regiert und unter
zwei Königen gedient, als dass ich von der
alleinigen Macht des wohlgewählten Wortes
überzeugt sein könnte. Du kannst niemanden
allein mit Worten dazu bewegen, sein ganzes
Leben niederzuwerfen und sich ein vollkommen
Neues umzulegen ... dazu bedarf es weitaus
gewiefterer Maßnahmen.

ANTONIA:

(genervt) Ebenso skeptisch und pessimistisch wie eh und je ... (seufzend) das ist die Art, die ich an dir am wenigsten leiden kann. Hast du etwa kein Vertrauen in die Macht der Sprache, die Magie meiner Zunge? (schelmisch) Insbesondere an letzterer hast doch gerade du dir einen Narren gefressen ...

BARON:

(tonlos) Ich sage nicht, dass Sprache keine Macht in sich trägt; das Gegenteil ist der Fall. Es gibt nichts Mächtigeres in dieser Welt als das Wort und die Feder. Allerdings muss man die Grenzen erkennen, die sich einer Mission wie der unsrigen in den Weg stellen, und klug um sie herumdenken. Für Alejandra sind wir beide Fremde, und um ihr Vertrauen zu erlangen, brauchen wir Zeit. Und, ich spüre es in meinen Knochen, die haben wir dafür nicht. Deine Reise zurück in die Heimat wird eine lange Zeit andauern ... so ungewiss wie die Zukunft mit Visionen ist würde ich keine unnötige Zeit vertrödeln. Wir brauchen eine ausgeklügelte Strategie, die Alejandra im Handumdrehen zu unserer devoten Anhängerin und willigen Schwester macht. Maximal in ein paar Tagen, länger darf es nicht dauern.

ANTONIA:

(genervt) Sehr hohe Ansprüche hattest du schon

191

immer. Hast du auch nur irgendeine Vorstellung davon, wie wir deinen utopischen Forderungen entsprechen können? Wenn du hektisch und voller Eile an unsere Sache herantreten willst, bitte. Doch dann zerschneide mich nicht mit deinen zahllosen Vorbehalten, sondern gib mir eine Lösung.

BARON:

(grinsend) Wie schön, dass du fragst. Wie es das Schicksal geplant haben sich meine jüngsten Forschungen insbesondere mit dem Verstand beschäftigt; wie man ihn beeinflussen, verformen und nach seinem Willen beugen kann. Soll ich dir meine Aufzeichnungen dazu präsentieren? Du wirst es schnell verstehen, glaub mir. *(kramt emsig in seinem Schreibtisch)*

ANTONIA:

(verblüfft) Trotz deines Alters bleibst du unberechenbar. Ja natürlich, so zeig mir deine Forschungen!

BARON:

(kramt seine Aufzeichnungen heraus) Soll ich sie dir kurz vorlesen? Keine Angst, es ist kein langer Text, doch tiefgreifend in seinen Bedeutungen ...

ANTONIA:

Ja bitte, ich lausche mit gespannten Ohren.

BARON:

Das freut mich sehr meine Liebe. Wirklich sehr.

Über die Natur des Menschengeschlechtes

Die Natur des Menschen ist schlichtweg diejenige,
die nicht in Ewigkeitsklauseln festgehalten oder in
eiserne Gesetze gegossen werden kann. Sie ist
unbeständig, nicht an allzeit gültige Prinzipien wie
das Himmelreich, die Vernunft oder den Tieren
inhärente Triebe gebunden ... sie hat keine feste
Gestalt, sondern gerade ist es ihre Gestalt, sich
allen äußeren Einflüssen anzupassen, so wie sich
die Suppe in der Schüssel rundet, das Metall in der
Gussform zum Schwerte wird oder das Fleisch im
Kopftopf die Röte verliert. Die Natur schafft sich
selbst, indem sie sich den äußeren Bedingungen
anpasst. Die Tochter einer Dirne kann nichts als
eine Dirne werden; sind ihr doch alle anderen
Wege durch ihre Herkunft versperrt, ungeachtet
dessen, wie vernünftig sie doch sein möge. Diese
Anpassung menschlicher Natur, des menschlichen
Bewusstseins, ist die Grundlage für unser
Überleben; denn es ermöglichte dem
Menschengeschlecht, alle Situationen, alle
kommenden Gefahren zu überwinden, ohne
unverändert vom Zahn der Zeit zernagt zu werden.
Einige sehr geistreiche Franzosen des
vergangenen Jahrhunderts bezeichneten diese Art
des Denkens als Materialismus.

Ich als Gelehrter stehe in Gänze auf der Seite

dieser Herren. Meine Forschungen innerhalb dieses Feldes werden durch Experimente unterstützt, die ich persönlich mit Probanden durchführe. Ich untersuche dabei den Anpassungsgrad menschlichen Bewusstseins auf individueller Ebene im Kontext einer für den Probanden vollkommen ungewissen Situation.

Dabei greife ich auf Techniken zurück, die andere Gelehrte als unorthodox bezeichnen würden. Doch, so sage ich: Was ist schon ein Beweis, wenn keiner vom Versuche weiß? Um logisch zu forschen, ist es erforderlich, die Erkenntnisse nicht allein aus dem Verstand, sondern ebenfalls und noch viel mehr aus der Umwelt selbst herzuleiten, Schließlich wird auch kein Romanleser durch die Magie des Lesens zum standhaften Soldaten. Wie die Humanisten der Renaissance Leichen sezierten, um über den Bau des menschlichen Körpers zu lernen, arbeitete ich mit lebendigen Probanden und erforschte die Anpassungsfähigkeiten ihres Geistes, um über die Natur des Menschengeschlechtes zu lernen. Die Experimente eines klassischen Naturforschers.

Zu Beginn meiner Forschungen drehten sich diese um bewusst-veränderten Verstand. Dabei beobachtete ich Schauspieler, sprach mit ihnen und experimentierte dahingehend, wie weit die gespielte Rolle sowie deren Glaubwürdigkeit von der tatsächlichen Persönlichkeit des Darstellers abdriften konnte. Dabei kam ich zu dem Ergebnis, dass eine wirkliche Glaubhaftigkeit der gespielten Rolle erst dann entsteht, wenn sich der Darbietende im Entferntesten damit identifizieren kann. Beispielsweise vermochte es ein brennender Verächter des Judentumes nicht, einen überzeugenden Shylock in Shakespeares Kaufmann darzustellen; es verschwamm lediglich zu einer grotesken Karikatur, selbst nach mehreren Hinweisen von mir. Ein badischer älterer Herr verweigerte sich mit den Worten "Keine Huldigung dem Feinde!" sogar dem Hineinschlüpfen in die Rolle Napoleon Bonapartes.

Der Grund für die Unfähigkeit des Verstandes dieser Menschen, sich in jedweder Rolle authentisch und glaubwürdig einzufinden, ist dementsprechend ihr Verstand selbst, oder besser gesagt: ihre Persönlichkeit. Und was ist die Grundlage jedweder Persönlichkeit? Erfahrung. Und wo werden Erfahrungen gelagert? Im Gedächtnis. Daher meine These: Ohne Gedächtnis kann eine Person jedwede Rolle annehmen, selbst, wenn sie gar kein Schauspieler ist. Wichtig ist nur, dass sie ihrer Rolle Glauben schenkt, und wirklich davon überzeugt ist, die Rolle zu sein. Sie überschreitet dabei den Rahmen des Spielens, eines bewusst-veränderten Verstandes, und tritt dabei über ins Reich des passiv-veränderten Verstandes. Dieser ist passiv, da er allein durch äußere Reize erzeugt wie geformt wird und dabei keine bewusste Anpassung wie beim Schauspiel stattfindet.

Nun werden wohl die feinen Herren, wohlgeschult in Gottesfurcht und Ethikfragen, nach der Antwort darauf dursten, inwiefern solches Wissen nützlich ist; welchem Sinn es folgt, einen Menschen vollkommener Fremdbestimmung zu unterwerfen, derer er sich selbst nicht bewusst ist. Um darauf zu antworten, bedarf es Mut, denn nicht jeder ist Mann genug um zuzugeben, welcherlei Absichten man damit verfolgen könnte. Ich persönlich denke dabei an Marionettenspielereien im Sinne des Macchiavellismus. Machen wir Könige zu unseren Sklaven, machen wir die Welt zu unserer Welt. Frei von Krieg und Blutvergießen würden wir fortan für unsere Interessen kämpfen ... kein preußischer König muss jemals alle deutschen Lande erobern, wenn sie sich ihm alle unterordnen. Kein Soldat muss im Kriege sein liebes Leben lassen ... französische Kaiser werden unsere blanken Sohlen küssen, und liebreizende Mädel unsere Arme füllen. Hinfortgeküsst die Prüderie, ohne jemals Lippe auf Lippe legen zu müssen ... ach wie mächtig jener, der den Verstand so gut studiert wie ich. Meine Werkzeuge sind unsichtbar, doch verändern sie Verstand wie Seele einem Künstler gleich, der mit Hammer und Meißel aus Marmor Leben schlägt. Bewusst, einem Plan folgend, stets das Rechte nur im Sinn ... eine neue Ära der Diplomatie und Machtpolitik. Nicht der Heilige Gral der Königskunst, doch an Macht nicht zu

196

unterschätzen.

ANTONIA:

Also ... sollen wir sie entführen, ihr Gedächtnis löschen, sie mit Informationen füttern und dadurch aktiv zu einer Streiterin für unsere Sache machen?

BARON:

Ganz genau meine Liebe, ganz genau. Falls dir meine Worte zu trocken und womöglich zu hochtrabend waren, kann ich es dir auch gerne anhand von Praxis darstellen. Einer meiner treuesten Diener, Agrippa Wartran, experimentierte mittels dieser Methode an drei Gefangenen, und seine Berichte darüber werden sehr aufschlussreich sein.

ANTONIA:

Interessant ... doch Moment, wer tritt da ein?

DRITTE SZENE

Studierzimmer des Barons

Friedrich, Baron, Antonia und Wachen (später)

FRIEDRICH:

(tritt fröhlich tänzelnd auf die Bühne) Mein Herr,
mein Herr! Wie schön, Hochwohlgeboren endlich
wiederzusehen! Und das sogar in einer
augenschmeichelnden Zweisamkeit ... guten Tag
meine Dame, Friedrich Granthelm zu euren
Diensten. *(verbeugt sich vor Antonia)*

BARON:

(etwas verblüfft) Oh Friedrich, Ihr seid ja schon
zurück.

FRIEDRICH:

Jawohl Hochwohlgeboren. Keine Minute länger
hätte ich es in diesen schrecklichen dunklen
Gängen ausgehalten, in der Gesellschaft eines
solchen Folterknechtes ... und bereits im Voraus
muss ich bei Euch gnädigst um Entschuldigung
bitten *(senkt respektvoll den Kopf)* denn ich
vermochte es nicht, Agrippas Treiben zu zügeln,
geschweige denn ihm irgendetwas anderes als das
bloße Wort entgegenzusetzen. Er verfuhr mit den
Gefangenen nach persönlichem Gusto, an

198

Grausamkeit und Leidenssucht kaum zu überbieten. Den Ersten ließ er von einem unschuldigen gefolterten Mädchen erstechen, dem Zweiten schlug er beide Arme ab und den Dritten schloss er mit einem Säbel ein, niemandem sonst als dem Wahnsinn überlassen. Ich vermochte nicht, ihn auszubremsen ... bitte verzeiht mir Hochwohlgeboren, ich habe versagt.

BARON:

(steht auf und stellt sich vor Friedrich) Nein, dass hast du nicht. Agrippa zu bremsen ist unmöglich; er weiß besser als wir alle, wie er seinen Willen am besten durchsetzen kann. Mir deucht, Ihr habt das bereits am eigenen Leib erfahren? *(deutet auf die Schnittwunde in Friedrichs Gesicht und die durch Schläge gerötete Haut)*

FRIEDRICH:

(peinlich berührt) Ja, Hochwohlgeboren, das habe ich. Doch, verzeiht meine Direktheit, wenn Ihr schon so apodiktisch vom Wesen und Handeln Agrippas sprecht und wisst ... wieso schicktet Ihr mich dann zu ihm hinunter, mit dem unmöglichen Auftrag, sein Quälertemperament zu zügeln?

BARON:

Nun Friedrich, das ist ganz einfach. Ihr müsst wissen, dass ich Euch ein wenig belogen habe. Meine Intention bestand nicht darin, Agrippa durch eure Anwesenheit zu bremsen, nein. Das war nur ein kleiner Vorwand, um Euch auf das Angebot vorzubereiten, das ich Euch gleich machen werde.

FRIEDRICH:

(euphorisch) Ich wusste es! Ihr habt Höheres für mich im Sinn gehabt! Ich danke Euch bereits im Voraus! Tausend Dank, Hochwohlgeboren, schönere Worte als diese hättet Ihr mir nicht sagen können.

BARON:

Ein Quäntchen Wahrheit steckte allerdings doch in meinen Instruktionen an Euch vor eurem Absteig in die Kavernen. Ich sagte zu Euch, dass Agrippa brutaler und grobschlächtiger als die meisten Menschen ist und ich gerne eine Stimme der Vernunft an seiner Seite wüsste. Mir war klar, dass Ihr es nicht vermögen würdet, diese Stimme zu sein, doch viel wichtiger war es mir, Euch das zu zeigen, wohin solch ein schreckliches Verhalten führen kann. Ihr habt Angst in diesen Kavernen bekommen, nicht wahr Friedrich?

FRIEDRICH:

(etwas irritiert) Ja ... ja Herr, Angst hatte ich dort sehr oft. Angst vor der Dunkelheit, vor den alten Wänden, den vergeblichen Schreien ... und insbesondere vor dem Meister dieser Dunkelheit.

Die Minuten wurden länger, je mehr Zeit
verstrich, und umso größer wurde mein Wunsch
zur Heimkehr nach oben, zu Euch. Doch warum
sollte ich Erfahrungen im Umgang mit einem
sadistischen Folterknecht sammeln? Warum sollte
ich lernen, in welch ungeahnte Tiefen
menschliche Triebe schlagen können?

BARON:

Weil es Teil meines Angebots ist, Friedrich. Ihr
werdet es gleich verstehen.

FRIEDRICH:

Nun denn, so präsentiert mir euer Angebot. Ich
warte gebannt darauf.

BARON:

Ich hätte Euch gern an meiner Seite. Nicht als
Thronerben oder dergleichen, sondern als meinen
Assistenten in meinen Forschungen. Wie Ihr ja
wisst, strebe ich nach dem Wissen über das Wesen
der menschlichen Natur, der mannigfaltigen
Erscheinungen der Seele, des Geistes, versuche
stetig die Wurzeln des Verstandes auszugraben ...
seit einiger Zeit arbeite ich dabei mit Probanden,
und ich würde eine Zusammenarbeit zwischen mir
und Euch sehr begrüßen.

FRIEDRICH:

(berührt) Ich? Als ... als euer Forschungsassistent?

Vielen Dank mein Herr, mit Freuden will Euch
bei der Erlangung neuen Wissens tatkräftig
unterstützen! Wie damals, als Ihr ganze
Schauspielerarmeen in euer Schloss eingeladen
und Euch wochenlang nur deren Inszenierungen
angesehen habt. Ihr sagtet immer: "Keine Zeit für
Besucher Friedrich, wimmelt sie ab. Ich erforsche
das Wesen des Schauspiels", wenn ich Euch über
anklopfende Besucher unterrichtete. Und ich darf
ein Teil davon sein? Sehr gern Hochwohlgeboren,
sehr gern, mit Freuden sogar! Doch was soll ich
tun?

BARON:

Etwas, das mit euren jüngsten Erfahrungen zu tun
hat. Und mit meinen jetzigen Assistenten, den Ihr
vor gar nicht allzu langer Zeit kennengelernt
habt ...

FRIEDRICH:

(vorahnend) Nein nein nein ... was meint Ihr
damit?

BARON:

Ich möchte Euch anstelle von Agrippa sehen. Er
hat mir lange Jahre gut gedient, doch ich bin der
Ansicht, dass seine Vernunft mittlerweile von
reinem Wahnsinn besiegt wurde. Einer effektiven
Forschung steht solch schlechte Eigenschaft im
Weg; Agrippa ist viel zu emotional und fanatisch,

zu obzessiv; er macht meine Forschungen zu einer Theaterbühne seiner morbiden Phantasie. Und das kann ich nicht länger dulden. Ihr hingegen seid rational, geistig vollkommen gesund und mental unverbraucht. Ihr seid loyal und tut nur das, was ich von Euch verlange. Ihr strebt nach keiner sinnlosen Ästhetik wie Agrippa, Ihr seid pragmatisch. Genau deshalb will ich Euch an seiner Stelle sehen. Ich möchte Euch zu meinem neuen Kerkermeister machen. Und ich möchte Euch zu meinem persönlichen Assistenten ernennen, Euch zu großen Ehren emporheben, sobald meine Forschungen und Visionen Ihre Wahrheit der ganzen Welt entfalten.

FRIEDRICH:

(schockiert) Nein, unter keinen Umständen will ich euer Folterknecht sein! War das, was ich heute erlebt habe, auch Teil eurer Forschungen? Was für eine kranke Ausführung, ich glaube euren Worten nicht ... nein, ich will nie wieder in diese schmutzigen Katakomben hinab. Ich stieg einmal unter dem Bett hindurch hinein und wieder heraus, und das reicht für mein gesamtes restliches Leben. Mit Verlaub, Hochwohlgeboren, doch dafür werdet Ihr Euch jemand anderen suchen müssen.

BARON:

Seid Ihr Euch sicher? Mit meinem Angebot meine ich nicht, Euch Agrippa unterzuordnen, sodass er Euch herumschubsen kann, nein. Ich möchte

Agrippa aus diesen Kavernen entfernen und Euch an seine Stelle setzen. Ihr könnt verfahren wie Ihr wollt, solange Ihr mit mir im Einklang steht. Ihr habt erfahren, wie man seine Gefangenen nicht zu behandeln hat ... es hat Euch fertiggemacht. Doch nun biete ich Euch die Chance dazu, das Leben all dieser Gefangenen dort unten nach eurem Gusto zu verändern.

FRIEDRICH:

(schockiert) Nein Herr, unter keinen Umständen werde ich dies für Euch tun. Ich bin euer ergebenster Diener, aber kein Folterknecht.

BARON:

Nun gut, nun gut. Wie wäre es mit einer kleinen Erfrischung? Ihr müsst wirklich ausgetrocknet sein dort unten ... und bei einem Kelch voll Wein spricht es sich angenehmer. Möchtet Ihr einen? Dabei können wir über alles reden, und Ihr könnt nochmal genau darüber nachdenken.

FRIEDRICH:

(hin- und hergerissen) Ja, in Ordnung, ich verdurste bald. Ein Kelch voll Wein ist eine nette Geste, doch ich muss nicht länger überlegen. Ich übernehme Agrippas Aufgaben nicht, niemals!

BARON:

(winkt einen Diener heran)

DIENER:

> *(betritt die Bühne mit einem Tablett mit zwei Kelchen voll Wein; hinter Friedrichs Rücken träufelt er eine dubiose leuchtende Flüssigkeit in einen Kelch)*

BARON:

> Nun gut Friedrich, ich kann Euch nicht zwingen. Doch wisst Ihr, was ich kann? Mit Euch auf gute Gesundheit trinken! *(nimmt sich einen Kelch mit Wein)*

FRIEDRICH:

> *(erleichtert)* Vielen Dank mein Herr! *(nimmt sich den mit Flüssigkeit versehenen Kelch)* Auf eure Gesundheit!

BARON:

> Und auf die eurige! *(trinkt einen großen Schluck aus seinem Wein)*

DIENER:

> *(tritt von der Bühne ab)*

FRIEDRICH:

> *(trinkt einen Schluck aus seinem Wein, schaut sich plötzlich panisch um, bis er nach einigen Sekunden leblos nach hinten sackt und*

ohnmächtig zu Boden fällt)

BARON:

Wachen!

WACHEN:

(treten ein) Hochwohlgeboren, Ihr habt gerufen?

BARON:

Ja. Bitte geleiten sie diesen Herren hier in den Kerker des Schlosses. Übergeben sie ihn einer Wache dort und sagen sie Ihr, dass dieser Mann für die Obhut von Agrippa Wartran bestimmt ist. Und sagt der Wache, sie möge Agrippa ausrichten, dass ich morgen eine Audienz mit ihm wünsche. Wir haben einiges zu bereden.

WACHEN:

Jawohl mein Herr. *(heben den bewusstlosen Friedrich hoch und verlassen mit ihm die Bühne nach links)*

VIERTE SZENE

Studierzimmer des Barons

Baron und Antonia

ANTONIA:

(süffisant) Wer war denn dieser junge Herr?
Friedrich Granthelm, dein treuester
Diener ... dein Angebot hat ihm wohl nicht
sonderlich gefallen. Selten fallen Männer
durch Worte bewusstlos zu Boden ... du bist
wahrlich ein Meister darin.

BARON:

Sei nicht so süffisant. Er ist nicht aus
eigenem Antriebe heraus zu Boden
gefallen; ich habe meinem Diener ein
Zeichen gegeben, seinem Weinkelch eine
spezielle Zutat beizumengen. Eine gute
Dosis davon, damit sie auch ihren Zweck
erfüllt. Und wie ich es sehe, wird sie das
vorzüglich tun. Was du gerade gesehen
hast, ist der erste Schritt meiner Strategie,
den ich dir vorhin so tiefgreifend erörtert
habe. Beigemengt wurden dem Wein ein
starkes Betäubungsmittel und eine
hauseigene Kreation, von mir selbst
entwickelt: ein Nervengift, dass einem

tosenden Flusse gleich die Erinnerungen durchspült und nichts als Sprache und Bewusstsein zurücklässt. Ich nenne es Nobuprofundum, wie mein Schloss: Wolkentief. Selbst den stärksten Willen vernichtet meine Kreation, und lässt nur eine reine Masse zurück, die nach Belieben geformt und verändert werden kann.

ANTONIA:

Also ist dieser Trank der Schlüssel zu deiner Strategie? Interessant ... für meine Rückkehr sollte ich mich damit eindecken, einen großen Vorrat mit in meine Heimat nehmen. Nebst dem Rezept dafür, versteht sich. Doch wieso hatte dein Diener es direkt so griffbereit? Gehört es zu seinen Pflichten, im Notfall Weine mit deinem Nobuprofundum zu vergiften?

BARON:

(lachend) Nein, natürlich nicht. Mir war nicht ganz klar, wie Friedrich auf mein Angebot reagieren würde, und um sicher zu gehen, habe ich Vorsorgen getroffen. Will er nicht der Jäger sein, mache ich ihn eben zum Gejagten. Sein Wissen um die Vorgänge tief unter meinem Schloss ist viel zu gefährlich als dass es diese Mauern jemals wieder verlassen kann ... du verstehst bestimmt, weshalb ich mich dabei

208

absichern musste. Eigentlich ist es eine Tragödie; ich mag Friedrich, und hätte es begrüßt, ihn an meiner Seite zu wissen. Doch immerhin wird er mir auf eine andere Art und Weise assistieren; dir im Übrigen ebenfalls.

ANTONIA:

Mir auch? Was habe ich denn mit deinem in Ungnade gefallenen Diener zu tun?

BARON:

Nun, für die Durchführung der von mir erarbeiteten Strategie bedarf es nicht allein theoretischen Wissens, sondern auch praktischer Erfahrung damit. Wie sagte schon Immanuel Kant? "Theorie ohne Praxis ist leer, Praxis ohne Theorie ist blind". Dementsprechend musst du erst einmal meine Methoden mit der eigenen Hand erproben, bevor du sie in Saberón an Alejandra anwenden kannst. Die Gelegenheit, die sich uns beiden gerade bietet, ist schicksalsgewoben; Friedrich ist der perfekte Übungsgegenstand dafür.

ANTONIA:

Also sagst du mir, ich soll alleine in deine finsteren Kerker niedersteigen und das mit dem Mann tun, was dieser nur beobachtet hat? Nach rosigen Aussichten klingt das wahrlich nicht ... doch zur Realisierung unserer Visionen werde ich alles Nötige tun; und wenn ich dafür eine Ratte gebären müsste.

BARON:

Gut gut, ich weiß um deine Hingabe, und begrüße sie sehr. Es gibt keinen Grund für so ... lebhaften Sprachgebrauch. Und hab keine Angst; auf diesem Erfahrungsweg werde ich dich begleiten; du bist mir viel zu wichtig, als dass irgendeiner der Wachen oder Folterknechte auch nur die Möglichkeit dazu erhielten, Hand an deinen schönen Körper zu legen und dir Leid zuzufügen. Du hast gesehen, wie geschunden mein Diener Friedrich war ... und ich mag mir nicht vorstellen, was sie dort unten mit den Frauen machen.

ANTONIA:

Ich würde ja sagen, dass ich nicht die Unterstützung eines knöchernen alten Mannes brauche und mir in Stärke viele nicht das Wasser reichen können. Allerdings ist deine Gesellschaft immer ein Genuss, und wer wäre ich, das Angebot eines Barons abzulehnen, mich zu eskortieren?

BARON:

> Töricht wärst du dann. Du kennst meine
> Folterknechte nicht, noch weniger ihr
> Oberhaupt. Es wundert mich tatsächlich,
> dass Agrippa Friedrich nichts Schlimmeres
> angetan hat ... wahrscheinlich hat Friedrichs
> direkter Draht zu mir seine Leidenslust in
> Grenzen gehalten.

ANTONIA:

> Ja ja, ich verstehe dich. Wann beginnen
> wir? Heute noch?

BARON:

> Nein meine Liebe. Friedrich wird
> mindestens bis zum morgigen Abend
> ausschlafen, und wird etwas Zeit brauchen,
> sich in der neuen Umgebung
> zurechtzufinden. Ohne Gedächtnis ist ein
> jähes Erwachen furchterregender als man
> glauben würde; gerade in der dunklen
> Einsamkeit der Kavernen unter uns. Das
> bedeutet, wir werden nicht vor Übermorgen
> den Weg nach dort unten antreten. Bis
> dahin haben wir ausreichend Zeit, die
> Theorie zu vertiefen, in Erinnerungen zu
> schwelgen ... und der alten uns so lieblich
> vertrauten Nabelmagie zu widmen.

ANTONIA:

(kokett) Lassen wir diese Formalitäten und
Forschungen ... konzentrieren wir uns auf
unsere Leidenschaften. *(küsst ihn)*

FÜNFTE SZENE

Kerkerzelle der Gefangenen. An der Wand außerhalb der Zelle lehnt eine Gitarre.

Agrippa, Folterknechte und Friedrich (bewusstlos)

FRIEDRICH:

(liegt bewusstlos in der Zelle auf einem der drei Betten)

FOLTERKNECHTE:

(stehen vor der Kerkerzelle und warten auf Agrippa)

AGRIPPA:

(kommt nach einiger Zeit von recht auf die Bühne und ergötzt sich sichtlich am Anblick des bewusstlosen Friedrich)

Haha, und so schnell ist der Bückling wieder unter meine Fittiche geraten! Wie ich es mir dachte, wie ich es mir dachte ... er hat sich bestimmt geweigert, dem Baron einen grotesken Gefallen zu tun, und wurde mir zur Bestrafung überlassen ... *(schmutziges Gelächter)* Wie ich es vorhergesehen, wie mir meine Knochen die Zukunft schon verraten haben ... oh mein

213

werter Friedrich, mit Euch werde ich viele
Späße treiben, oh ja ja ... kein so schnelles
Ende wie bei unseren drei heutigen
Ehrengästen, sondern eine langsame und
sich dehnende Bestrafung ... wofür ich
Euch bestrafe, überlege ich mir noch. Wach
werde ich in meiner Koje liegen, und mir
ausmalen, mit welchen schönen Methoden
ich Euch vollkommen brechen kann ... wie
weit ich Euch dehnen kann, zu was ich euch
formen kann ... oh ja, euer Erwachen wird
ein Schreckliches sein ... genießt nur euren
Flutenschlaf, der eure ganzen Erinnerungen
und Gedanken hinfortspülen wird ... es wird
die letzte Ruhe sein, die Ihr hier unten
jemals erleben werdet *(finsteres Gelächter)*

FOLTERKNECHT EINS:

Meister, wie lange wird es dauern, bis er
erwachen wird?

AGRIPPA:

Viel länger als einen Tag. Rechnet nicht vor
Übermorgen damit.

FOLTERKNECHT EINS:

Nun gut.

FOLTERKNECHT ZWEI:

Meister, all unsere Pflichten sind erledigt.

214

Die täglichen Folterungen der regulären
Folteropfer wurden durchgeführt, Nahrung
wurde ausgeteilt, ebenso wie etwas Wasser,
die Instrumente wurden gereinigt, das
Lampenöl erneuert, die Fackeln ebenfalls,
und die Abfälle eures heutigen Schaffens
wurden ebenfalls entfernt. Die Arme liegen
dort hinten, falls Ihr noch etwas mit ihnen
vorhaben solltet.

AGRIPPA:

Sehr gut Knechte. Ihr könnt Euch nun
ausruhen und etwas essen. Morgen werden
wir viel vorbereiten müssen ... sehr viel.

FOLTERKNECHT DREI:

Aber Meister, Ihr habt versprochen, wieder
etwas mit uns zu singen und ein Fass Wein
nach hier unten bringen zu lassen. Ihr
sagtet: "Am Tage des Herrn, wenn der
Abend naht, singen und trinken wir auf
unsere Gesundheit und die Qualen unserer
Opfer", oder habt Ihr das bereits vergessen?

AGRIPPA:

(schelmisch grinsend) Nein, natürlich nicht.
Was wäre ich denn für ein Meister, wenn
ich nicht für meine Knechte sorgen würde?
*(geht kurz hinter die Bühne und kehrt mit
einem großen Weinfass wieder)* Hier ist

215

euer Wein *(geht zur Wand und nimmt die Gitarre in die Hand)*. Und singen können wir auch; zum Singen hat man immer Zeit. Obgleich ich das Gefühl nicht loswerden kann, dass wir unter uns viel öfter singen, seitdem mir der Baron vor einiger Zeit diese Gitarre hier schenkte. Ein Geschenk seiner spanischen Liebhaberin ... mit einem wundervollen Klang, der es vermag, selbst diese düsteren Hallen mit Freude zu versehen. Zumindest Freude in uns Folterknechten.

FOLTERKNECHTE:

(jubeln, zücken ihre Becher, nehmen dem Fass den Deckel ab und tauchen ihre Becher hinein) Sodenn lasst uns singen und trinken Brüder!

FOLTERKNECHT ZWEI:

Wie wäre es mit "O König von Preußen"?

FOLTERKNECHT EINS:

Nein, das ist zu langweilig ... vielleicht "Fridericus Rex"?

FOLTERKNECHT DREI:

Nein nein, dies sind Lieder für später. Lasst uns mit unserem eigenen Lied beginnen, "In Kavernen voller Schmerzen"!

216

FOLTERKNECHT EINS:

Oh ja, fabelhafte Idee!

FOLTERKNECHT ZWEI:

Sehe ich auch so ... ein besseres Lied gibts
auf Erden nicht! *(trinkt einen großen
Schluck Wein)*

AGRIPPA:

*(setzt sich mit der Gitarre auf den Boden
und macht einige testweise Anschläge)*
Wollen wir?

AGRIPPA:

(fängt an zu spielen)

AGRIPPA UND FOLTERKNECHTE:

In Kavernen voller Schmerzen zieht
gefang'nes Volk hinein

/: Folterknechte fröhlich singen,
todgeweihte Männer schrei'n /:

Männer und auch schöne Frauen,
Folteropfer leiden jäh,

/: Blut'ge Waffen blitzen fröhlich,
Menschenfleisch ist wirklich zäh /:

Schreie, die man nie mehr vergisst dehnen

sich gar quälend lang

/: Tiefe Stimmen närrisch flehen, summen
einen schönen Klang /:

Frauen, die zu Jesus beten, reißen wir den
Busen raus

/: In die Suppe, Salz und Pfeffer, ist ein
feiner Zungenschmaus /:

Alte Mauern singen leise, singen leis' von
Tod und Leid

/: Kehlen ächzen Todeswünsche, unter
Füßen brennt ein Scheit /:

Lange Nächte, schwärze Lüfte, langsam
kriecht der Tod hinein

/: Scharfes Messer, tote Glieder, martern
wir die Seelen klein /:

Aus den Fläschchen Dämpfe tropfen,
schweres Nervengift zuhauf

/: Leere Schädel ohne Wissen füllen wir mit
Lügen auf /:

ENDE DES FÜNFTEN AKTES

ENDE DES DRAMAS

LIEDER

Es zittert das Fleisch (Akt II, Sechste Szene)

Es zittert das Fleisch, es rasselt der Wind

Es malmet der Stein, es schallet der Schmerz

Es zischet die Peitsch', es klaget das Kind

Es fließet das Blut und raset das Herz

/: Wir tragen die Ketten zu unserer Zier

Verloren die Lichter der einstigen Zeit

Gebunden an Folter, das quälende Leid

Denn alle gemartert werden wir hier

Denn alle gemartert werden wir hier :/

Es knirschet das Holz, es tropfet das Moos

Es wachet der Stab, es schreiet der Traum

Es wandelt die Angst, es schaudert der Schoß

Es rauschet das Ohr und beißet der Raum

/: Wir tragen die Ketten zu unserer Zier ...

Es kriechet der Wurm, es triefet die Deck'

Es naget die Furcht, es jammert die Not

Es klirret der Dolch, es miefet der Dreck

Es dröhnet der Kopf und singet der Tod

/: Wir tragen die Ketten zu unserer Zier ...

In Kavernen voller Schmerzen (Akt V, Fünfte Szene)

(zur Melodie von "In das Dorf auf bunten Wagen")

In Kavernen voller Schmerzen zieht gefang'nes Volk hinein

*/: Folterknechte fröhlich singen, todgeweihte Männer
schrei'n /:*

Männer und auch schöne Frauen, Folteropfer leiden jäh,

*/: Blut'ge Waffen blitzen fröhlich, Menschenfleisch ist
wirklich zäh /:*

Schreie, die man nie mehr vergisst dehnen sich gar quälend
lang

*/: Tiefe Stimmen närrisch flehen, summen einen schönen
Klang /:*

Frauen, die zu Jesus beten, reißen wir den Busen raus

*/: In die Suppe, Salz und Pfeffer, ist ein feiner
Zungenschmaus /:*

Alte Mauern singen leise, singen leis' von Tod und Leid

/: Kehlen ächzen Todeswünsche, unter Füßen brennt ein Scheit /:

Lange Nächte, schwärze Lüfte, langsam kriecht der Tod hinein

/: Scharfes Messer, tote Glieder, martern wir die Seelen klein /:

Aus den Fläschchen Dämpfe tropfen, schweres Nervengift zuhauf

/: Leere Schädel ohne Wissen füllen wir mit Lügen auf /: